PUNTO DE ATAQUE

SEVER ESCUADRÓN
LIBRO 1

A.R. KNIGHT

EL COMANDANTE

La llamó por el nombre equivocado. Dos veces. Así que Aurora echó la mano hacia atrás y la estrelló contra la cara del cabezota. La piel onduló como un terremoto desde donde su palma se clavó en su mejilla. Sus ojos se dispararon y su boca se torció en una línea irregular, como si todos los nervios de su cabeza no pudieran comprender lo que acababa de ocurrir. Luego se desplomó. Cayó al suelo como una bomba. Una que sumió el comedor en un silencio ensordecedor.

—Me llamo Aurora. Grábatelo bien —dijo, aunque el hombre, por su mirada vidriosa, definitivamente no recordaría esto.

Aurora lanzó la misma amenaza por todo el salón. Un montón de novatos. Nuevos reclutas de DefenseCorp. La miraban como si fuera un Gnarler, todo tentáculos y dientes. Estaban asustados. Y así debería ser.

Aurora los observó, con los codos sobre las mesas de acero. Bandejas llenas de sopa nutritiva. Los novatos eran de todos los tonos, de todos los tipos. Incluso había algunos extraterrestres entre ellos. Un trío de esbeltos caspiarianos, sus finas membranas los hacían casi translúcidos.

DefenseCorp debía estar ampliando sus horizontes. Haciendo marketing a especies que no se reproducen como conejos, como los humanos. Convenciéndoles de que el dinero duramente ganado y un gran cañón valían la pena para arriesgar la vida. No era el peor mensaje.

Con ella había funcionado.

—¿Ven lo que le pasó a este tipo? —anunció Aurora al silencio—. No respetó a su superior. No me respetó a mí. Y cuando no me respetan, no respetan a quien trabajan. Y si no respetan a DefenseCorp, esto es lo que sucede —señaló el cuerpo en el suelo.

Otra razón por la que le gustaba trabajar para Defense-Corp: este tipo decorando el suelo justo aquí. Nada de esas regulaciones gubernamentales estándar. Solo la buena y anticuada supervivencia del más apto. Y cheques más gordos también.

Aurora reanudó su camino. Dejó atrás el comedor y la comida que no quería. Por divertido que fuera infundir algo de miedo en los novatos, solo había pasado por el comedor de camino a un lugar más importante: el puente.

El crucero clase Odín *Nautilus*. El hogar de casi 200.000 personas. Hecho del núcleo de un asteroide, vaciado, refinado y enviado en viajes a las partes más peligrosas y rentables de la galaxia que DefenseCorp pudiera encontrar. Dondequiera que el caos plantara sus semillas, DefenseCorp aparecía lista para matar y limpiar, por el precio adecuado. La compañía a la que la galaxia pagaba para manejar el trabajo sucio y limpiar las consecuencias.

Aurora echó un vistazo a su muñequera mientras caminaba, un movimiento fácil, ya que estaba atornillada a su muñeca izquierda. Incrustada, si se quería llamar así. De esa manera no podían perderse. De esa manera las baterías, si era necesario, podían recargarse con su propio calor corporal. Aurora la mantenía funcionando en modo de bajo consumo sin importar cuánto tiempo estuviera fuera. Hasta que muriera, de todos modos.

La muñequera parpadeaba con una alerta naranja. Como lo había estado haciendo los últimos diez minutos. El tiempo que le había tomado a Aurora ir desde sus aposentos, atravesar el comedor, noquear al cabezota y ahora llegar aquí.

El puente del *Nautilus* era más grande que la mayoría de los estadios. Un espacio enorme, para una enorme cantidad de oficiales. Escáneres, computadoras, enormes cúpulas para que la gente se sentara y proporcionara modelos 3D de todo lo que sucedía. Ahora mismo, sin embargo, el *Nautilus* estaba en tránsito. Lo que significaba que la vista desde el frente de la nave era toda negra, con destellos estelares difuminados por las luces interiores blanco-azuladas. A la derecha, una nebulosa rosada brillaba. Bonita, si tenías tiempo para ese tipo de cosas.

—Te tomaste tu tiempo —dijo el comandante Deepak. El hombre se erguía alto. Ondeando en un traje de piel que nunca se quitaba. Que todos los comandantes de DefenseCorp debían usar como parte de su rango. Verlo hacía que el uniforme estándar de tela de Aurora le picara.

Un traje de piel proporcionaba las comodidades habituales. Regulaba la temperatura corporal de Deepak, mataba los venenos que llegaban a su torrente sanguíneo y, de paso, lucía como un elegante uniforme carmesí. El cuello rozaba la parte inferior de la barbilla de Deepak, oscura y sin un micrómetro de vello.

—Intenté correr, pero alguien se interpuso en mi camino

—Aurora ni se molestó en encogerse de hombros. Deepak sabía que cualquier obstáculo había sido eliminado.

—Está bien —dijo Deepak—. Te llamé porque hace veinte minutos recibimos un SOS encubierto. Cliente VIP, así que es información clasificada. Tu escuadrón está siendo retirado de nuestra misión principal para manejar esta, y estamos casi en el punto de ataque. ¿Tienes a tu escuadrón listo?

—Leí el mensaje —dijo Aurora—. Sever Escuadrón estará listo para lanzarse a tiempo.

—¿Y tú? —replicó Deepak—. ¿Estás al tanto de los detalles?

—Es un estándar para Sever, ¿verdad? —dijo Aurora—. ¿Entrar, armar un infierno sangriento y luego salir?

—Con el cliente, sí —Deepak sonrió—. Aunque una advertencia: no tendrán extracción. No podemos retrasar nuestro contrato principal.

¿Sin extracción? Eso no sonaba bien. En ocasiones, Sever hacía un despliegue y huida. Pero eso solo significaba que la extracción se retrasaría. Sever se mantendría firme, esperaría encubierto después de completar la misión y eventualmente alguna lanzadera u otra aparecería y les daría un viaje de vuelta a casa. Sin embargo, Deepak no estaba hablando de eso. Podía notarlo en su voz, que tenía un tono definitivo.

—¿Qué quieres decir? —Aurora casi añadió *señor*, pero esto no era el ejército. No tenías que llamar a tus oficiales superiores por títulos. Ni siquiera eran realmente oficiales. Solo jefes.

—Significa que tienen que encontrar su propia manera de salir del planeta —dijo Deepak—. Este contrato es estrictamente confidencial. No podemos dejar evidencia de que DefenseCorp estuvo involucrada.

—¿No será bastante evidente? Mi escuadrón no opera en la oscuridad.

—Eres la mejor, Aurora. Por eso estás recibiendo esta misión. Tú y Sever se las arreglarán. Compren una lanzadera, o roben una. Se les reembolsará.

¿Y si no podían?

Aurora no hizo la pregunta, porque sabía la respuesta.

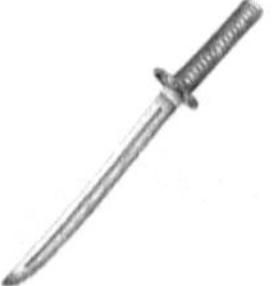

EL HOMBRE DE LA DEMOLICIÓN

El problema con las simulaciones era que las bombas no se sentían reales. Sai se recostó en el catre. Miró fijamente la pared de su cabina, una lámina de cristal negro que hacía las veces de pantalla de ordenador, donde se vertían las estadísticas. La mezcla química que Sai había elaborado no alcanzaba la temperatura necesaria para cortar el acero duro. Y si la detonación no podía hacer eso, entonces toda la idea era inútil. Levantó el puño, listo para golpear su escritorio, y se detuvo. Vamos. Golpear las cosas nunca resolvía el problema.

Bueno, no los problemas informáticos.

Su cabina era mitad catre, un cuarto taquilla y un cuarto pantalla. Su cama rozaba el resplandor. Sai se dejó caer en el colchón. Mantas duras y ásperas. Una almohada. Cuando eso no funcionaba, una pequeña salida de gas conectada a la pared lateral. La gente tenía problemas para dormir en una nave de este tamaño, con tanto ruido. Un par de respiraciones profundas de la buena y Sai se desconectaría hasta que la alarma de su habitación, conectada a su cama, lo despertara de golpe en el momento adecuado. El gas también solía acabar con las pesadillas, una ventaja teniendo en cuenta la frecuencia con que las viejas misiones de Sever se repetían en sus sueños. No necesitaba volver a ver la mayoría de ellas. Nunca.

Sai se habría dado un golpe allí mismo, excepto que su computadora de muñeca empezó a parpadear. Una luz verde. No era un mensaje entrante, sino una orden. Más emocionante que dormir, al menos.

Sai se acurrucó y se retorció en su catre, deslizó las piernas por el lateral y abrió su taquilla presionando la puerta con la palma de la mano. La delgada puerta pintada de carmesí se deslizó y reveló la armadura estándar de DefenseCorp. El núcleo del traje estaba formado por metal estriado y con placas. Incómodo, pero las placas protegían a Sai de casi cualquier cosa. Disipación de calor incorporada para dispersar la energía caliente de un láser alrededor de su cuerpo y luego expulsarla por la espalda. Lo suficientemente eficaz como para que las únicas cosas que podían herir realmente a Sai fueran los rayos concentrados o los cuchillos de cerca. Cosas que podían colarse entre esas placas.

La armadura compensaba su peso con propulsores fijados a los pies, las piernas, la espalda y los brazos. Cada movimiento que Sai hacía recibía un empuje extra de los engranajes del traje, convirtiendo a Sai en una especie de supersoldado, aunque uno que podía quedar rápidamente inutilizado si su tecnología se estropeaba. Además, las malditas cosas realmente apestaban una vez que pasabas más de unas horas en una.

Pero esa luz verde parpadeante no le daba opción. Cada vez que la veía, significaba ir y hacerlo con fuerza.

Sai extendió los brazos y metió una mano en cada uno de los guantes del traje. La armadura sintió el gesto y saltó hacia adelante fuera de la taquilla hacia él. Las tres primeras veces que Sai había hecho esto, había caído de espaldas en el catre, con la armadura desplomándose sobre él. Nada digno, y definitivamente incómodo. Con el tiempo, había aprendido a afianzar las piernas, a sujetar las distintas piezas de la armadura para asegurarse de no perder el equilibrio. De la misma manera que aprendió a disparar un arma. De la misma manera que dejó de tener miedo.

La repetición hacía que lo inusual fuera habitual.

Las láminas de metal corrían por sus brazos y piernas. El traje se ajustó a su torso y antes de que Sai tuviera la oportunidad de respirar, el casco se deslizó sobre su cabeza. El visor cayó sobre sus ojos y se iluminó. La armadura se conectó a su muñequera y, en ese momento, todo su cuerpo se fusionó con el equipo de asalto más caro de la galaxia.

Una superposición apareció en el visor frente a sus ojos. Lecturas rápidas de las operaciones del sistema. El estado del traje, su nivel de oxígeno, temperatura, presión sanguínea.

También apareció otra cosa. Lo que Sai siempre buscaba primero. Cinco de cinco. Todos los miembros de su escuadrón se estaban equipando y entrando. Eso significaba que no había sido un error. Sever Escuadrón había recibido una orden.

Hora de actuar.

Antes de salir de sus aposentos, Sai se giró, una tarea voluminosa con la armadura, y un movimiento que casi lo hizo caer sobre su propia cama. Se inclinó y borró, con un gesto, los datos de la bomba. Luego miró, brevemente, lo que llenaba la pantalla. Un vídeo. Una transmisión directa de su esposa, su hijo y su hija. Obviamente no en directo -ese tipo de datos tardaba mucho en cruzar estos años luz- pero Sai lo mantenía transmitiendo el último fragmento hasta que llegaba material nuevo. Se rebobinaba al principio si Sai no tenía nada nuevo que ver.

Los tres estaban comiendo en la cocina esta vez. Un desayuno de verdad, no la papilla vitamínica que Defense-Corp les daba aquí. Alrededor de una mesa circular de piedra blanca -María la había comprado con la última prima de DefenseCorp de Sai- en una casa que no tenía ventanas de cristal. Una selva al aire libre dejaba que la estrella amarilla del planeta se asomara desde fuera. Pacífico, tranquilo. Normal. Sai nunca lo había visto, y sin embargo vivía allí cada minuto que pasaba en esta habitación.

El vídeo parpadeó, volvió al principio. Entonces Sai lo borró también.

LA HORA DEL MARTILLO

Nunca se volvía aburrido; caminar pesadamente por el pasillo y ver a todos los novatos y a la gente que no sabía mejor saltar fuera de su camino. Cada pisotón hacía que Gregor se sintiera como un behemot, una bola de demolición. Los beneficios del poder nunca habían tenido una evidencia más clara.

Gregor observaba los paneles a ambos lados mientras avanzaba; metal estático cuando nadie pasaba, pero tan pronto como había movimiento, los paneles se encendían. Si los mirabas a los ojos, te mostraban tus órdenes actuales. La ruta más rápida a tu destino. Cualquier otra cosa que pudieras imaginar. Por eso la gente se demoraba en los pasillos cuando estaba aburrida. Podías ver qué más había que hacer. Dónde debías estar.

Lo que significaba que Gregor tenía objetivos. Mientras avanzaba, vestido con su traje moteado de verde y gris, simulaba disparar a todos los que pasaban. De vez en cuando daba un manotazo, aunque nunca llegaba a conectar. Todos gritaban, se agachaban o se lanzaban fuera del camino.

—Gregor, contrólate —la voz de Aurora llegó a través del sistema de comunicación de su armadura—. Estoy intentando ponerme mi traje y mi comunicador está explotando con quejas. No tengo tiempo para estas tonterías.

—Tengo que mantener mi reputación —respondió Gregor.

El pasaje a través del *Nautilus* desde los cuarteles de Sever hasta su bahía de atraque asignada era corto. Cinco minutos o menos de tiempo de transición. Intencional. Así que cuando Gregor llegó, las puertas corredizas de la bahía escaneándolo a través de un ojo rojo en la parte superior de la puerta, se detuvo un momento, sorprendido de ser el primero. Dentro de la bahía estaba su lanzadera de descenso. Gregor vio que la rampa de abordaje ya estaba bajada y se dio cuenta de que estaba equivocado. Allí en la cabina, relajada y mirando fijamente a la nada, estaba Eponi en su traje rojo rosado. Era de esperar que ella estuviera aquí.

Eponi prácticamente vivía en esa cosa.

Lo que, Gregor se dio cuenta, probablemente él también viviría si pudiera. Sin embargo, no le confiarían algo como la lanzadera. Demasiadas armas. Sería demasiado fácil olvidarse de volar con tantas cosas con las que jugar. La mayoría de las misiones de DefenseCorp eran lo que Deepak, su jefe, llamaba "entornos ricos en objetivos". Con tanto disparar, Gregor ni siquiera se daría cuenta de que alguien lo seguía.

Sin siquiera pensarlo, alcanzó detrás de su espalda. Sintió el frío mango metálico de su pasión. El martillo se extendía más de un metro de largo. Más que capaz, con su cabeza redonda, de destrozar puertas de acero. Además, llevaba una batería activada por movimiento que, después de unos cuantos golpes, podía añadir suficiente impulso para mandarte a la estratosfera.

Alguien lo empujó, pasando a su lado.

—¿Alguna vez has intentado ser educado? —dijo Gregor. El nuevo chico llevaba su traje azul océano. Pequeño, peculiar. El tipo de cosa que no asustaría ni a una mosca.

—¿Alguna vez has aprendido a moverte? —replicó el chico.

Rovo, ese era el nombre del novato. Gregor ya había olvidado a quién reemplazaba el chico. Los cuerpos iban y venían. Si sobrevivías a algunas misiones, entonces tal vez Gregor se preocuparía lo suficiente para llegar a conocerte. Tal vez.

—Solo para la gente que se lo merece —respondió Gregor.

—Mete tu trasero en esa lanzadera, o te merecerás algo mucho peor —la voz de Aurora vino desde detrás de ellos.

Gregor se giró y vio que en realidad no lo estaba mirando. Tenía los ojos recorriendo la información en su visor como siempre. Monitoreando el progreso del escuadrón. Su traje blanco y negro salpicado brillaba. Todas sus armaduras comenzaban limpias y relucientes, y terminaban asquerosas y llenas de marcas de quemaduras. Gregor sabía cuál prefería.

Ver al chico y a Aurora allí parados, sin siquiera mirarlo, hizo que Gregor se crispara. No es que Gregor quisiera estrangular a su comandante allí mismo. No es que quisiera aplastar a Rovo. Pero al mismo tiempo, los huesos de Gregor estaban listos. Una vez que se ponía a tono, necesitaba empezar a golpear, o todo se desperdiciaría.

—¿Nos lanzamos pronto? —dijo Gregor.

Aurora lo miró.

—Como dije. Sube a esa lanzadera y nos iremos.

Gregor se encogió de hombros. Bien. Se dio la vuelta y subió por la rampa que llevaba al abarrotado interior. Asientos grises duros, redes de seguridad y arneses. Etiquetas pegadas alrededor detallando los procedimientos de emergencia, aunque todos sabían que si tenías una emergencia en una lanzadera como esta, probablemente estabas muerto. Al menos cada asiento tenía una palanca a su lado que, si se tiraba hacia abajo, cortaría las conexiones de la red para que pudieran salir en un instante. Hacer un último salto glorioso al cielo si esta lanzadera se iba a pique.

Gregor solo la había tirado tres veces. Dos de ellas incluso había sido necesario.

Tomó asiento, se abrochó. Miró fijamente el reloj de cuenta regresiva. Tres minutos. Ciento ochenta segundos para rechinar los dientes y esperar.

4

PILOTO EXPERTO

Accionó el freno de giro con fuerza, desviando el kart acuático hacia la derecha y rodeando la gran roca de arenisca en el centro del circuito. La piedra era nueva, un obstáculo que los dueños debían haber colocado después de la carrera sin víctimas mortales del año pasado.

Casi tomó a Eponi por sorpresa. Y, a juzgar por la nube de fuego en su retrovisor, alguien más no lo logró.

Aún tenía dos corredores por delante, sus karts acuáticos cortando el agua mientras cada uno aprovechaba el viento y las olas para ganar ventaja, sus micropropulsores manteniéndolos justo por encima del oleaje.

Eponi no tenía posibilidad de alcanzarlos.

No si jugaba según las reglas.

Una barcaza flotante, cubierta de espectadores, se alzaba imponente. Un domo en la parte superior proyectaba transmisiones de video de la carrera desde drones aéreos, lo que mantenía los costados de la barcaza despejados para la vista real. La mayoría estaría animando, bebiendo, festejando; la carrera era un pensamiento secundario.

El circuito, delimitado por boyas luminosas a ambos lados, se dividía alrededor de la barcaza. Al menos, la parte visible lo hacía. Eponi apagó sus micropropulsores, y su kart se sumergió en el agua. La cabina de cristal la mantuvo seca mientras se hundía bajo la superficie. Eponi desvió la energía a su ventilador trasero para contrarrestar la resistencia del agua, aceleró y se disparó por la corriente submarina debajo de la barcaza flotante. Antes de salir del otro lado, Eponi volvió a activar los micropropulsores. Se disparó hacia la superficie y salió volando por el aire justo al otro lado. Los dos corredores que iban delante de ella ahora apenas la seguían.

Eponi no podía oír los vítores, pero estaba segura de habérselos ganado. En cuanto a los otros dos karts, se les había acabado el circuito para competir. Las boyas naranja brillante que marcaban la meta estaban justo...

—¿Eponi?

La visión se difuminó. Luego, el video de su casco se desvaneció y reveló el parabrisas transparente de la lanzadera de descenso y, más allá, el casco exterior estático del *Nautilus*. Sin carrera. Sin vítores.

Solo recuerdos.

—¿Pensando en otra cosa? —dijo Rovo. El pequeño trepó hasta la cabina junto a ella. Un asiento doble. Normalmente Aurora tomaría el frente con Eponi aquí, pero en un sector desconocido, necesitabas a alguien que pudiera hablar sin importar quién respondiera, aunque fuera un novato.

—Mejores días —respondió Eponi.

—¿En serio? No me conocías entonces —la voz de Rovo era más profunda de lo que uno pensaría para un hombre de su tamaño. Áspera. Tal vez había pasado demasiado tiempo en habitaciones llenas de humo, tal vez allí había aprendido a hablar todas esas lenguas.

—Créeme, la vida estaba bien antes de que llegaras a ella —dijo Eponi.

Pero Rovo tenía razón. No había tiempo para recuerdos. No con el resto del escuadrón a bordo. O casi; Eponi vio a Sai tropezar al entrar en la bahía. El hombre siempre llegaba tarde. Como ella, obsesionado con otras cosas. A diferencia de ella, Sai guardaba sus recuerdos en su habitación en lugar de donde necesitaba estar. Aficionado.

En el segundo en que el pie de Sai tocó la rampa, Eponi presionó el botón para retraerla. Hizo que Sai subiera apresuradamente los escalones. Tal vez le enseñaría una lección. Al menos la hizo reír.

—Podrías lastimarlo, haciendo eso —Rovo sonaba realmente preocupado. Como si le importara.

El sentimiento del novato era lindo, pero moriría pronto.

—Si se lastima al subir a la lanzadera, es su culpa —respondió Eponi—. Soy yo a quien culpan si despegamos tarde —Hora de cambiar de tema, hacer que el novato se concentre en cosas más importantes—. ¿Sabes algo sobre adónde vamos?

La táctica funcionó; los ojos de Rovo se desenfocaron. Esa mirada que tenía cuando intentaba recordar algo.

—Lo mismo que tú —dijo finalmente—. Nada.

—Un mundo llamado Dynas —dijo Aurora mientras entraba en la cabina. Se paró detrás de los dos, poniendo sus manos enguantadas en los respaldos de los asientos—. Un lugar húmedo y musgoso. Muchos recursos naturales. Vida silvestre interesante. Haremos una búsqueda y rescate, luego extracción.

—Solo que no tenemos una extracción —dijo Eponi. El informe había dicho eso.

—Tendremos que actuar con inteligencia —dijo Aurora—. No quemar nuestra lanzadera de descenso por una vez.

—Eso nunca funciona, y lo sabes.

Hay una razón por la que las lanzaderas de descenso tienen ese nombre. Diseñadas para bajar a un escuadrón, dar fuego de cobertura y actuar como base hasta que hayas hecho lo que necesitabas hacer. La mayoría de las veces no podían volver a subir. La mayoría de las veces no estaban destinadas a hacerlo.

—Parece que estás dudando de nosotros —dijo Aurora—. No hay lugar para la duda en el escuadrón.

—No tengo ninguna duda —dijo Eponi—. Solo estoy siendo realista, comandante.

—Bueno, en ese caso, deja de ser realista y comienza a sacarnos de aquí —Aurora se dio la vuelta y caminó de regreso a donde la esperaba el arnés.

Eponi se comunicó por radio con el puente. Recibió la autorización y activó, con una pulsación en la consola central, la secuencia de partida. Detrás de ellos, las grandes puertas metálicas se deslizaron para abrirse. Al mismo tiempo, frente a ella, la puerta que conducía fuera de la bahía de acoplamiento y de vuelta al *Nautilus* se cerró. Luego, una barrera secundaria cayó sobre ella. Sin posibilidad de vacío. Sin posibilidad de que algo saliera mal.

Mientras las puertas revelaban el espacio oscuro, Eponi pudo ver, a través de las cámaras traseras de la lanzadera y enmarcado en los bordes, el exterior rocoso del *Nautilus*. Los restos del asteroide. Mientras el armazón de la nave estaba dentro de la roca, el voluminoso exterior se había dejado. El caparazón proporcionaba una buena armadura. Incluso algo de camuflaje a primera vista.

Los motores de la lanzadera de descenso arrancaron con un suave zumbido, drenando la batería para ponerlos en marcha. Sobrecalentarían un tanque de combustible —un suministro limitado, otra razón más por la que las lanzaderas de descenso no estaban diseñadas para sobrevivir— e impulsarían la nave hacia adelante. Debajo de la lanzadera, en su parte inferior, cuatro microimpulsores cobraron vida. Más grandes que los de los karts y capaces de hacer rebotar la lanzadera hasta un metro de altura.

Eponi se deslizó un guante negro y verde sobre la armadura de su mano izquierda y sintió el hormigueo cuando los diminutos nodos en la tela señalaron una conexión con el ordenador en su muñeca. Levantó la mano, cuidando de mantener los dedos doblados, hasta que alcanzó el nivel de sus ojos.

Rovo se mantuvo en silencio. Hombre inteligente.

Cuando Eponi estiró los dedos, dejando su mano plana en el aire, el guante destelló en rojo y mantuvo ese color. Lista para volar. Eponi movió su mano hacia la derecha, manteniéndola nivelada, y la lanzadera comenzó un giro lento. Mantuvo la mano firme hasta que la lanzadera quedó de cara al espacio exterior, un giro completo de 180 grados. Luego, con su mano derecha, empujó el acelerador hacia adelante, lanzando la nave.

Se había maravillado cuando DefenseCorp le mostró por primera vez la tecnología a Eponi. Piloto virtual. Sin necesidad de agarrar la palanca de vuelo, sin necesidad de entrar en pánico si un cable se rompía o la palanca se atascaba, o si Eponi era arrojada lejos y de repente no podía agarrarla. Ahora, siempre que Eponi llevara el guante, este se entrelazaría con la lanzadera y le permitiría controlar la nave solo con la mano.

Si quisiera, Eponi podría abandonar la cabina. Podría salir completamente al exterior y aun así pilotar la lanzadera. Si llevaba este guante puesto, la nave sería como masilla en sus manos.

Volaron fuera del *Nautilus*, hacia el vacío negro del espacio. Negro excepto por un punto verde, que se hacía cada vez más grande. Todavía conservaban todo el impulso del *Nautilus* a toda velocidad. Aunque ahora que se movían perpendicularmente, el crucero rápidamente se encogía en tamaño. Incluso algo tan masivo como eso desaparecía rápidamente cuando se movían a miles de kilómetros por hora. Deepak había sido lo suficientemente amable como para reducir la velocidad de la nave grande tanto como pudo, y ahora la mayor parte del combustible de Eponi se gastaría en reducir la velocidad de la lanzadera de descenso hasta una velocidad que pudiera manejar la atmósfera sin estallar en mil millones de pedazos.

—Dynas —dijo Rovo—. Nunca he oído hablar de este planeta.

—Si tú no has oído hablar de él, entonces yo seguro que tampoco —respondió Eponi. No necesariamente cierto, pero si un mundo no estaba en el circuito de carreras, Eponi no necesitaba saber que existía. Al menos hasta ahora.

Frente a ella, a la altura de las rodillas, la consola central cambió. Un mapa de la región en Dynas a donde se suponía que debían ir. Las posibles zonas de aterrizaje aparecieron en amarillo. No más de unos pocos kilómetros de distancia entre sí, lo que significaba un objetivo definido. Al menos el área era reducida. Odiaba que le dieran un continente para elegir.

—¿Un VIP secreto? —dijo Eponi—. ¿Quién crees que es este tipo? ¿Algún inversor rico? ¿Un político?

—Si no conozco un planeta, es porque es un lugar perdido. Es porque nadie lo conoce —dijo Rovo—. Lo que significa que si vamos allí, con tan poca antelación, alguien la ha cagado de verdad. Y, para que a DefenseCorp le importe, debe ser muy rico.

5

EL DIPLOMÁTICO

Había demasiadas palabras. Y cuando se contaban todos los idiomas, eso solo multiplicaba el número. Lo que significaba que Rovo tenía mucho que aprender.

Lo intentaba, además. Incluso allí mismo, sentado junto a Eponi en la cabina, detrás de la lente de su visor, Rovo repasaba el siguiente: caspario. Más una serie de tonos e inflexiones que palabras reales. Una vez que descubrías cómo curvar la lengua *justo así*, no era tan difícil de entender. Realmente asombroso lo que esa especie podía hacer con el sonido. La humanidad, con su enorme maraña de dialectos —incluso si el Común había aplastado a todos los demás idiomas a estas alturas— podría aprender una cosa o dos.

Pero, por otra parte, quizás debería estar prestando atención. Eponi estaba diciendo algo. Cuando Rovo parpadeó para despejar la superposición de su lente, vio que un tono azul había invadido su consola. Transmisión entrante. Fuera de la ventana frontal, lo que había sido el punto verde de

Dynas se había vuelto enorme. Ahora llenaba la mayor parte del parabrisas.

—Oye, ¿puedes responder eso? —decía Eponi.

—Tal vez. ¿Qué pasa si no lo hago? —respondió Rovo.

—Te patearé el trasero. Luego lo hará Aurora, y después Gregor te rematará.

Rovo sabía que Eponi no podía ver su cara, pero aun así la arrugó. ¿La idea de que Gregor lo golpeara? No, gracias. Así que presionó la consola. Se quedó mirando el extraño rostro que de repente lo observaba.

Era humano, definitivamente. Pero no solo eso. El hombre estaba manchado de verdes y negros, como si lo hubieran inyectado con moho. Envuelto y dejado pudrir por un tiempo. Luego sacado, vaporizado y engrasado. No era una imagen atractiva.

—Detectamos su aproximación —dijo el hombre, con voz acuosa, como si tuviera un resfriado fuerte—. ¿Cuál es su propósito en Dynas?

—Solo estamos de paso —dijo Rovo—. Queríamos ver los lugares de interés.

Había algunos planetas, con centros urbanos, con grandes maravillas naturales. Allí podías fingir ser un turista. Podías mostrar un afecto real y genuino por el planeta y aterrizar sin muchos problemas. ¿Un lugar como Dynas? Rovo revisó los escáneres, sin tráfico de naves visible. Dynas era un lugar al que ibas por una razón, y Sever Escuadrón no tenía una buena.

—¿De qué lugares de interés estás hablando? —dijo el hombre.

—Bueno, ¿qué lugares tienen? —replicó Rovo. Tenía una responsabilidad en ese momento: mantener a la gente hablando. Mantenerlos confundidos, desequilibrados. Luego, una vez que Eponi llevara la lanzadera por debajo de cualquier defensa, podría lanzar todos los insultos que quisiera.

Realmente, no era el peor trabajo.

—Les solicito que den la vuelta y abandonen su ruta.

—No tenemos el combustible para hacer eso —dijo Rovo—. ¿Tienen un lugar donde podamos aterrizar? ¿Recargar?

No es que la lanzadera de desembarco pudiera obtener suficiente energía para volar realmente a otro mundo. Más allá de los motores, la lanzadera funcionaba con baterías, que solo podían recargarse con la infraestructura adecuada. Algo que Rovo no creía que Dynas tuviera, a juzgar por su apariencia.

En las consolas aparecieron lecturas a medida que los sensores de la lanzadera de desembarco se extendían. Picos de energía, calor. Esas superposiciones aparecieron en la ventana frontal. Y eran pocas. Cualesquiera que fueran los asentamientos que Dynas tenía, eran pequeños o estaban muy bien camuflados.

—Sus problemas no son nuestros problemas. Den la vuelta o nos defenderemos.

—Parece que tú y yo no nos estamos entendiendo. ¿Tienes un gerente? ¿Alguien más con quien pueda hablar? —dijo Rovo. Silenció su lado de la llamada, presionó el transpondedor del traje, ya conectado a la frecuencia de onda corta del escuadrón—. Oigan, chicos, prepárense. Parece que será una entrada accidentada.

—Siempre tenemos entradas accidentadas —dijo Eponi.

—No mientas —dijo Rovo, después de haber soltado el transpondedor—. Te gustan.

Eponi no dijo nada, pero Rovo habría apostado todo lo que tenía a que estaba sonriendo bajo esa armadura.

Dynas y su bruma verde llenaban todo lo que podían

ver. La lanzadera comenzó a temblar cuando golpeó la atmósfera y el aire pesado en ella. Rovo agarró las manijas, luego se dio cuenta de que en realidad no había cerrado la llamada. Al otro lado, el hombre de aspecto extraño les gritaba, su boca manchada abriéndose, cerrándose, y su cara roja. Si acaso, parecía aún más asqueroso que antes.

Rovo tocó la pantalla una vez más. Pensó que habría una oportunidad de anotar un último insulto.

—Todos van a morir. ¿Me oyen? Hasta el último de ustedes. —El hombre cortó la llamada.

Rovo ni siquiera logró lanzar su golpe. Tendría que entregarlo en persona.

[6]

ATERRIZAJE HÚMEDO

Aurora escuchó la advertencia de Rovo y respondió por costumbre:

—Prepárenlos y suéltenlos.

Tres miembros del Sever Escuadrón estaban sentados en la parte trasera con arneses de seguridad y cada uno presionó un pequeño botón bajo su mano derecha. El techo de la lanzadera tenía pantallas desplegables colgando de barras metálicas. Las pantallas se balancearon justo frente a los rostros de los Sever, cada una perfectamente alineada gracias a microcámaras que medían el nivel de los ojos. Cada pantalla se activó para mostrar la alimentación de un cañón. Dos en la parte inferior —divididos entre la proa y la popa de la lanzadera— y uno en la parte superior, todos cargados y listos para disparar.

La de Aurora se activó primero, dándole el cañón inferior orientado hacia adelante. Mostraba el mundo de niebla tormentosa y mohosa de color amarillo grisáceo en el que estaban descendiendo mientras la lanzadera bajaba más y más. Nada aparecía en sus sensores. Quién sabía si Dynas tenía algún tipo de defensa, pero la supervivencia dictaba actuar como si el planeta estuviera erizado de muerte.

—Estoy detectando una firma térmica, parece uso de energía —dijo Eponi a través de sus transpondedores—. Voy a aterrizar encima. Creo que es un buen lugar como cualquier otro.

—Solo no nos mates —dijo Sai.

—¿Acaso lo hago alguna vez?

—¿Alguna señal de amenazas? —espetó Aurora. No tenía problemas con las bromas del escuadrón, siempre y cuando no distrajeran en un momento peligroso.

—No —respondió Eponi, pero su voz se apagó incluso mientras hablaba—. Espera... vienen por detrás. Un par de esquifes clase Darter.

¿Esquifes? Si volaban naves de cubierta abierta como esas aquí, entonces Dynas tenía una atmósfera densa. Respirable. Los esquifes también significaban que Dynas no entendía con quién estaban tratando. Claro, no tener un casco blindado o parabrisas podría ofrecer vistas bonitas, pero también lo convertía en un blanco fácil. No se podía blindar el espacio abierto. A Aurora le habría encantado disparar unas cuantas veces y soltar los nudos apretados que siempre se formaban en sus músculos al comenzar las misiones, pero Gregor tenía el cañón trasero y la primera oportunidad de salpicar la niebla de Dynas con los pedazos del enemigo.

La nave de desembarco no se estremeció cuando Gregor disparó su cañón, una falta total de retroalimentación a la que Aurora debería haberse acostumbrado ya. Sin proyectiles, como en los modelos antiguos, así que sin retroceso. Solo un zumbido. El lamento de una batería que se agota.

En lo que respecta a la batalla, los láseres hacían que todo el asunto pareciera artificial, como si estuvieran jugando un juego. Aurora sabía que esa sensación desaparecería con la primera baja que mostrara lo que el impacto directo de un láser podía hacerle a una persona, pero el fuego de Gregor no proporcionó esa absolución.

—Se están separando en su aproximación. Ligeramente armados —dijo Gregor después de su andanada inicial—. Veo dos cañones en cada uno, montados en proa y popa. Ya he neutralizado el cañón frontal del mío.

—Solo porque tu piloto no sabe cómo esquivar —añadió Sai—. El mío al menos entiende el concepto.

La niebla espesa se rompió mientras Eponi hacía descender la lanzadera. Un verde profundo y exuberante se asomaba, captado por las luces de la nave de desembarco, que Eponi encendió cuando las nubes, ahora arriba, consumían la mayor parte de la luz estelar que se atrevía a llegar tan lejos. Si Aurora tuviera que adivinar, la razón por la que Dynas tenía vida en absoluto se debía a su atmósfera de trampa de calor que hervía el lodo biológico de cualquier colección de rocas desafortunada que hubiera colisionado para formar Dynas en primer lugar.

—Mantengan los ojos abiertos para detectar defensas terrestres —dijo Eponi.

La lanzadera se sacudió cuando Eponi terminó. Algo estalló y el humo inundó la cabina. No, no era humo. Era niebla del exterior.

—¿Qué fue eso? —espetó Aurora.

—Los esquifes —respondió Sai—. No los cañones principales. Algo raro. De rifles de mano. Mi suposición, drones teledirigidos con explosivos adheridos. ¿Podemos movernos más rápido?

—Esto es una nave de desembarco, Sai. Básicamente estamos cayendo —El descaro arrogante desapareció de la voz de Eponi, señalando a una piloto concentrándose en su vuelo.

Lo que significaba una situación seria. Aurora reprimió su propio impulso de pedirle detalles a Eponi; una de las partes más difíciles de liderar Sever era confiar en el equipo, contener el impulso de cuestionar cada una de sus acciones, pedir y aprobar cada detalle.

—¡El segundo esquife está pasando por encima! —gritó Gregor.

Aurora no necesitó oír más. Su pantalla de visualización destelló en amarillo brillante en la esquina superior izquierda; los escáneres de la lanzadera indicaban un objetivo. Aurora usó sus ojos, arrastrándolos hacia la posición del objetivo. El movimiento apuntó el cañón, y ella miró de nuevo hacia esa niebla. Esperó. El contacto entre los ojos de Aurora y la pantalla mantuvo la alimentación activa, el cañón preparado.

Una larga sombra oscura cruzó la pantalla. Aurora parpadeó con ambos ojos y el cañón disparó un brillante rayo verde en el éter. Aurora parpadeó una y otra y otra vez, enviando disparos hacia la forma, que estalló en una hermosa rosa naranja y roja.

Esquife derribado.

—Me encargué de él —dijo Aurora.

Pero la niebla seguía fluyendo hacia la nave de desembarco. Aurora no podía ver el agujero, y desabrocharse durante un posible escenario de aterrizaje forzoso la pondría del lado equivocado de todas las guías de Defense-Corp. Y del sentido común; la nave de desembarco seguía haciendo aquello para lo que había sido creada: descender. La nave no tendría que resistir mucho más.

—Lo siento, Sever, parece que ese disparo acabó con mi refrigerante. Los motores se están sobrecalentando. Vamos a aterrizar aquí porque, eh, de lo contrario todos acabaremos cocinados —dijo Eponi—. Prepárense para un aterrizaje húmedo.

Aurora apuntó su cañón hacia abajo justo a tiempo para ver cómo enormes ramas, árboles y enredaderas atrapaban la lanzadera y la engullían. La imagen del cañón se mantuvo, luego tembló y se oscureció. La lanzadera se llenó de rugidos, destrozos y desgarros mientras Sever Escuadrón se sacudía en sus asientos. Asientos que no se rompieron, porque DefenseCorp había atornillado cada silla de la lanzadera al suelo con metales pesados. Diseñados para soportar un impacto y evitar que un objeto afilado atravesara el suelo y lastimara a su ocupante.

Aurora había estado en muchos accidentes, un riesgo habitual en este tipo de trabajo, pero la mayoría habían sido en tierra. Uno en una playa, como parte de un rescate en un resort tomado por turistas alienígenas descontentos. Pero ninguno en un pantano. Así que cuando la lanzadera golpeó el agua, rebotó hacia adelante y se asentó en una mezcla nociva de agua viscosa y gases terribles, Aurora tuvo un nuevo candidato para el peor lugar de todos. Se desabrochó, comprobó las lecturas de energía de su armadura —todas en verde— y se dirigió hacia los costados abiertos de la lanzadera. El agua del pantano tuvo la misma idea, inundando la nave para recibir a Aurora con una espumosa inmundicia.

—¡Salgan! —dijo Aurora las palabras que nadie necesitaba oír. Gregor y Sai, siguiéndola, se apresuraron a través de la puerta abierta en el casco izquierdo, ampliada cortesía de un árbol recién caído que había dado su última estocada a través del costado de la lanzadera.

Eponi y Rovo ya habían evacuado, tras trepar por la ventana destrozada de la cabina. Rovo miraba hacia el cielo, buscando más aerodeslizadores, mientras Eponi se inclinaba de nuevo en la cabina, golpeando botones. El protocolo indicaba que lo mejor era apagar los sistemas de la lanzadera, drenar las baterías en caso de un aterrizaje forzoso para evitar cosas malas como el saqueo enemigo y explosiones aleatorias.

—¿Qué pasó? —gritó Aurora a Eponi cuando la piloto se acomodó de nuevo en la nariz de la lanzadera—. ¿No dijiste que el impacto no sonaba grave?

—¿Lo que sea que nos dispararon? —respondió Eponi—. Siguió actuando. Perdí los sistemas uno por uno. Tuve que aterrizar rápido o habríamos atravesado estos árboles.

Aurora miró el desolado pantano que se extendía hasta donde alcanzaba la vista, lo cual, dadas las condiciones oscuras y brumosas, no era demasiado lejos. Sus atacantes, quienquiera que viviera en Dynas, no buscaban visitantes. Estaban dispuestos a matar para mantener su mundo en silencio, pero habían perdido su oportunidad.

Sever Escuadrón no les daría una segunda.

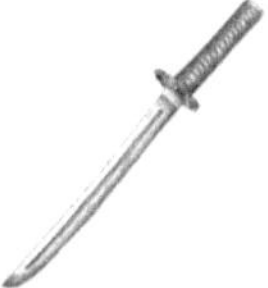

7

LA CRIATURA DEL PANTANO

Una alcantarilla. Así es como se sentía este planeta, y Sai solo llevaba un minuto en él. La niebla se filtraba en grandes sábanas verde-grisáceas, una bruma pegajosa que cubría su armadura, obstruía los conductos de respiración y enviaba su olor putrefacto a la nariz de Sai. Los filtros eliminarían cualquier cosa dañina, pero los olores podían permanecer. A Sai le gustaría golpear a cualquier ingeniero que probablemente declaró, con voz presumida y llena de títulos, que mantener los olores podría ser útil. Podría ser una advertencia.

Sai no sería de mucha utilidad si seguía tosiendo así.

Gregor puso su puño blindado contra la espalda de Sai mientras los dos estaban de pie en el costado de la lanzadera de descenso. Si Sai no daba un paso pronto, el peso de Gregor decía que el hombretón lo empujaría al pantano. Dynas no tenía una gravedad aplastante, pero el peso de Sai, con la armadura, sería suficiente aquí para arrastrarlo a las profundidades. Donde, naturalmente, el traje le permitiría respirar. Pero si las cosas eran así de feas aquí arriba, ¿te imaginas cómo serían debajo de esa porquería amarillo-verdosa?

—Ya me muevo —dijo Sai, manteniendo su voz en el canal del escuadrón—. Tranquilízate.

—No estoy emocionado —respondió Gregor—. Somos vulnerables aquí arriba.

Si las naves pudieran verlos a través de la niebla, ya estarían muertos, pero Sai no discutió. En su lugar, dio el primer paso hacia abajo. Fuera de la lanzadera y sobre lo que parecía una roca fangosa. Su pie golpeó el material y se hundió directamente. La bota metálica descendió, y su pierna la siguió hasta la rodilla antes de que Sai golpeara algo no del todo sólido, pero lo suficientemente espeso como para soportar su peso.

—Cuidado —dijo Sai—. Al suelo le gusta comerse a la gente.

Los demás lo siguieron, aunque Sai notó que se mantuvieron caminando sobre la propia lanzadera. Se quedaron en sus aletas y casco flotante. Sentía sus ojos sobre él. Esperando ver si desaparecía. Si se convertía en una baja, una estadística.

Idiotas, todos ellos.

Escuchó a Aurora empezar a hablar con Eponi, y decidió dar un segundo paso, dejando la lanzadera por completo y chapoteando en el fango. Luego un tercero, aunque el lodo succionaba sus piernas, forzando una cadencia de tirones y chapoteos.

Sus respiradores confirmaron la atmósfera respirable, cinco veces más densa que la de la Tierra. Húmeda y empapada. Tanto que si se quedaban en la superficie demasiado tiempo, sus trajes se oxidarían.

—Sai, ¿qué estás haciendo? —Aurora sonaba como una

cuerda tensa, a un tirón de perder el control—. ¿Sabes a dónde vas?

—Protocolo estándar —respondió Sai—. Alejarse de una nave estrellada después de aterrizar.

—Como habrás notado, esto no es estándar —dijo Aurora, y luego pareció controlarse—. Pero Sai tiene razón. Eponi, ¿sabes a dónde deberíamos ir? ¿Dónde está la estación a la que te dirigías?

Eponi, de pie en la nariz de la lanzadera, señaló hacia la distancia, a la izquierda de Sai. Por lo que Sai podía decir, en la medida en que la brújula del traje le indicaba, la dirección de Eponi iba hacia el norte.

Una brújula funcional era un milagro; ya fuera porque DefenseCorp escatimaba en ellas o porque Sever Escuadrón lograba esquivar planetas con polaridad magnética, las pequeñas flechas rojas y blancas resultaban más inútiles que útiles en sus misiones. Aquí, con una visibilidad de quizás diez metros, cualquier navegación distante se haría por métodos no visuales. De todos modos, la dirección elegida no coincidía con el lugar hacia donde Sai había estado caminando con dificultad.

Sai se giró, balanceó sus piernas a través del fango. Dio un paso adelante. Su pierna izquierda se tambaleó. Se deslizó hacia atrás. Algo agarró su pie. Un tirón constante, sin sacudidas. Arrastrando a Sai más profundamente en el fango.

—¡Algo me tiene! —gritó Sai. Se retorció, pero lo único que podía ver era esa maldita niebla, el burbujeo del lodo viscoso.

Su mano izquierda buscó a tientas la pistola láser en su cadera. La agarró, giró alrededor, y casi aprieta el gatillo. Las regulaciones estándar de DefenseCorp decían que no disparara sin una visión clara del objetivo; el daño colateral costaba dinero y salía del sueldo de Sever Escuadrón.

La mano derecha de Sai tocó su casco, presionando contra su sien, y el visor cambió de estándar a infrarrojo. Los verdes mostaza se desvanecieron a un azul negruzco, excepto por su propio calor y el de la criatura que venía tras él. La cosa se había enrollado alrededor de su pie, grande y agitada.

Sai puede que haya gritado.

—Gregor —Aurora respondió al pánico de Sai con una solución. Si Sai tuviera que elegir un rasgo de la comandante que explicara por qué Aurora ocupaba esa posición, sería este: cuando la cuerda tensa que mantenía su control se rompía, se convertía en hielo afilado, fría e implacable—. Salta.

—Sí —Gregor, en su traje negro y plateado, alcanzó por encima de su cabeza y agarró su martillo. Lo sacó y lo preparó con ambas manos.

—¡Espera! —comenzó Sai, esperando tener una oportunidad de escapar del desastre inminente, pero uno podría detener más fácilmente un cometa que el asalto de Gregor.

El hombre monstruoso se agachó y saltó. Todos los trajes venían con almohadillas de empuje en las suelas de las botas. Si era necesario, podían proporcionar una micro-ráfaga de fuerza descendente succionando energía de las baterías del traje cargadas por movimiento. Añadían dos o tres metros extra en un salto o más con impulso.

El impulso le dio a Gregor la altura necesaria para caer estrepitosamente más allá de Sai, encabezando con su marti-llo. Gregor hundió el arma en el barro, seguido por su dueño. Sai no pudo ver qué sucedió, porque una pared de lodo lo golpeó de lleno.

Una risa enloquecida llenó el comunicador.

Sai volvió a la visión estándar, se limpió la porquería y miró fijamente su armadura. Antes verde esmeralda, Sai ahora tenía un camuflaje perfecto y maloliente. Ni rastro de metal a la vista.

No es que Sai tuviera mucho tiempo para pensar en la pesadilla de limpieza que le esperaba. Rovo y Aurora anunciaron su llegada a la pelea con rayos láser amarillos que chamuscaron el limo frente a Sai, y la cosa que Gregor había golpeado con su martillo se elevó de las aguas.

Una cosa que seguía elevándose. Hasta que se irguió más de tres veces más alta que el propio Sai. Parecía injusto que algo tan feo fuera tan alto. Como si el barro hubiera cobrado vida de repente, y hubiera traído consigo a la conciencia toda la mugre, palos y piedras. Trozos se rompían y se desprendían de la criatura, salpicando en el agua pantanosa alrededor de Sai.

—Tiene tentáculos —dijo Rovo, chapoteando junto a Sai—. Porque por supuesto los tiene.

Grises y moteados, cubiertos de manchas de moho, los tentáculos se estremecieron mientras la cosa crecía desde el pantano. Se extendían a lo largo de los costados de la criatura, y Sai contó al menos diez, posiblemente más, con los extremos desapareciendo bajo la superficie. Sai buscó una boca. Ojos. No encontró ninguno.

Este monstruo era una masa gigante, aparentemente decidida a convertir al Sever Escuadrón en su próxima comida.

8

HORA DE LOS TENTÁCULOS

Gregor se echó a reír. Sacudió la cabeza ante la visión de la criatura y volvió a reírse. No esperaba encontrar este tipo de entretenimiento tan lejos de las zonas de combate activas, en una larga patrulla de DefenseCorp asignada a Sever Escuadrón y al *Nautilus* como una especie de descanso. Y ahí estaba, cara a cara con algo que nunca había visto ni oído hablar.

El monstruo era repugnante. Un desastre viviente.

Y muy aplastable.

Su visor, recubierto con una película súper resbaladiza, se lavaba el barro que se pegaba a todas las demás partes de su cuerpo. Gregor tuvo que hacer fuerza dos veces para sacar su martillo del lodo en el que se había quedado atascado después de su golpe. Bien. Prefería tener que esforzarse por su diversión.

Sosteniendo su mazo en las manos, Gregor miró fijamente la masa. Buscó un punto débil. No encontró ninguno, lo que significaba ir directo al frente.

—¿Autorizado para entrar? —dijo Gregor.

—Autorizado —respondió Aurora un momento después,

su voz llegando clara a través de la comunicación de sus trajes.

Le dieron a Gregor un respiro en su fuego láser. Las armas de asalto de Sever Escuadrón sobrecalentarían a una bestia de barro como esta y la convertirían en una masa hirviente de porquería. Antes de que eso sucediera, Gregor quería dar sus golpes. Bombeó dos veces sus talones, activando las almohadillas de impulso en sus botas, y Gregor salió disparado del barro. Balanceó el martillo de izquierda a derecha mientras volaba por el aire y conectó con la bestia de barro.

Lodo y gloria salpicaron por todas partes cuando el arma dio en el blanco. Luego, la cabeza del martillo se quedó atascada, y Gregor, con su impulso aún en marcha, voló de pecho contra el frente de la bestia. La golpeó como un fideo mojado, el impacto liberó el arma de Gregor de su agarre —el barro aún tenía un fuerte control sobre el martillo— y Gregor rodó por el frente de la cosa, chapoteando en el agua en su base.

De espaldas, podía ver su martillo aún sobresaliendo de la criatura mientras los brillantes rayos amarillos de Sever Escuadrón se reanudaban. Tenía que recuperar el martillo. No podía arriesgarse a perderlo en el pantano. Gregor intentó sentarse cuando algo colisionó con su cara. Lo presionó de vuelta al lodo y le cortó la visión.

—¡Gregor, aguanta! Uno de los tentáculos... —gritó Sai, el que los había metido en este lío.

—Ya me di cuenta —lo interrumpió Gregor—. Quítamelo de encima.

El traje de Gregor registró las ondulaciones en el agua mientras Sai se acercaba, mientras Gregor alcanzaba con sus manos y agarraba el tentáculo que le estaba aplastando la cara contra el pantano. Intentó conseguir un buen agarre, pero el tronco recubierto de baba dificultaba el agarre de un par de guantes blindados cubiertos de metal. No era la primera vez que Gregor maldecía el diseño de traje de DefenseCorp.

Tendría que encontrar otra manera.

Bien.

Gregor bajó su mano izquierda hacia su cintura, la golpeó contra el costado de su traje de poder y liberó un pequeño disco. Lo sostuvo en el aire, justo fuera del agua, y lo apretó. Una sola hoja larga se desplegó desde el centro del disco, y una vez que se enderezó, el último cuarto se dobló en ángulo recto, con la hoja hacia un lado. Gregor no podía ver nada de esto, pero sintió las vibraciones esperadas en su mano mientras la herramienta se activaba. Una sierra de emergencia.

Gregor sostuvo la hoja contra el tronco. Sintió cómo se hundía en la masa fangosa y mohosa. Y tan rápidamente sintió cómo la hoja se atascaba. Se rompía y se hacía pedazos. No era sorprendente: los discos estaban hechos para cortar arneses defectuosos, redes de seguridad y cuerdas. No para partir en dos a un monstruo de barro en los pantanos de Dynas.

Gregor sintió, más que vio, a Sai chocar contra el tronco. Una carga estremecedora, que no hizo nada. Al menos nada que Gregor pudiera notar.

—Tu espada, Sai —gritó Gregor.

Ese era todo el punto de Sai, después de todo. Bombas y cuchillas.

—Quería mantenerla limpia —respondió Sai. Porque por supuesto que sí.

—La criatura apreciará eso después de que te haya matado.

La presión aumentó, y el tentáculo empujó a Gregor

más bajo la superficie del agua. Hasta que sintió el lodo del fondo del pantano succionando su espalda. Arrugándose en su armadura y envolviéndose alrededor de los lados de su casco. Estaría enterrado en cuestión de momentos.

De repente, la presión cesó. Gregor recuperó su propia fuerza. Presionó sus brazos, pateó sus piernas debajo de él y las empujó en el fango. Se propulsó hacia la superficie. Los trajes no estaban hechos para nadar, pero el pantano no era un océano, el agua poco profunda y espesa aquí le dio a Gregor suficiente fuerza para impulsarse a la superficie.

El extremo del tronco aún estaba pegado a la máscara de Gregor, así que no podía ver, pero la pequeña pantalla de visualización, en letras de neón azul, le dijo que había salido del fango. Que podía, si Gregor así lo decidía, abrir su casco sin que el agua del pantano se precipitara dentro.

Abrir un casco en una zona de combate activo, a menos que fuera en casos de mal funcionamiento crítico, iba en contra de la política de DefenseCorp. Anulaba su seguro, particularmente el gran pago que vendría si Gregor encontraba su fin. Demasiado que perder, y Gregor había oído que DefenseCorp aprovecharía cualquier oportunidad que tuviera para mantener ese pago bajo. Como la mayoría de Sever Escuadrón, la familia —sus padres, en su caso— esperaba y sin duda anhelaba recibir algún día el pago final de la elección de carrera suicida de Gregor.

Gregor puso sus manos en el tronco de nuevo y, sin el resto del tentáculo presionando, logró arrancar la succión de su casco y lanzar la extremidad lejos en el pantano. Gregor pudo ver Dynas de nuevo, y una vez más el mundo dejó a Gregor completamente indiferente.

La pelea iba más o menos como él esperaba. Aurora, Eponi y Rovo seguían lanzando ráfagas de fuego a la criatura, que parecía no verse afectada. Sus tentáculos giraban alrededor, y Gregor vio que algunos de ellos eran más largos que la lanzadera, atravesando el aire como troncos de árboles oscilantes. El monstruo hacía que Sever Escuadrón se zambullera y rodara. Esquivando las extremidades oscilantes, evitando ser succionados, capturados o golpeados contra el lodo. Cerca de él, Sai finalmente intentó trabajar con la espada, pero cada corte salía con más barro y cero criatura.

Gregor podía ayudar con eso. Se volvió hacia el monstruo y vio un tentáculo que comenzaba a nadar por el pantano hacia él. El mercenario se agachó y gruñó:

—Ven por mí, maldito bicho hinchado.

El largo y viscoso miembro salió del pantano y Gregor saltó, agarrándose a él mientras el tentáculo lo levantaba. Lo elevó más alto que la propia criatura, intentando sacudirlo. Exactamente lo que Gregor esperaba. Cuando el tronco voló sobre la cabeza de la criatura de barro, Gregor se soltó, cayendo y girando en el aire hasta que aterrizó, con un espantoso chapoteo, justo en la cabeza de la criatura. Aunque no era realmente una cabeza, más bien la parte superior de un montículo.

Gregor miró a la izquierda, hacia abajo. El martillo estaba clavado a un metro por debajo de él, incrustado en el costado de la bestia. Incluso si pudiera alcanzarlo, ¿cómo lo balancearía Gregor antes de terminar de nuevo en el pantano? Un problema a la vez. Gregor alcanzó su espalda, donde, además del martillo, colgaba un par de rifles de asalto pesados. Enganchados en la parte trasera de su traje de poder. Listos para usar.

Desprendió uno, lo balanceó sobre su hombro mientras se arrodillaba sobre la bestia. Presionó la boca del cañón contra la parte superior del montículo. Apretó el gatillo y lo mantuvo así.

Un rifle de asalto pesado de DefenseCorp escupía cincuenta proyectiles por segundo. Incluso sin el retroceso de un láser, el fuego repetido sobrecalentaba los espejos en el cañón y tendía a hacer que la precisión se desplomara. El arma debería aterrorizar a cualquier cosa a la que Gregor disparara mientras llenaba el aire de fuego letal. Pero el monstruo era tan grande como una casa, y Gregor estaba justo encima de él. La precisión no era un problema. El terror era una preocupación secundaria. La muerte era lo más importante, y a esta distancia, el rifle de asalto cumplía su cometido.

Los proyectiles burbujeaban dentro de la criatura, abriendo profundos agujeros que, en los momentos antes de que el barro se apresurara a llenarlos, Gregor podía ver lo que parecía carne de color verde. Era bueno saber que algo vivía debajo del fango, que no estaban luchando contra el pantano mismo. La vida real podía ser eliminada, asustada o quemada hasta las cenizas.

—¡La parte divertida está debajo del barro! —gritó Gregor.

Y entonces estaba volando. Golpeado por un tentáculo, surcando el aire. Gregor sintió un crujido en su espalda cuando se estrelló contra un árbol y se desplomó de cara en el barro.

Fuera de combate.

[9]

ELECTROCHOQUE

Tres disparos. Cuéntalos. Y Aurora decía que Eponi no hacía lo suficiente cuando Sever iniciaba peleas.

No es que esos tres disparos —rayos abrasadores disparados desde el pequeño rifle que las regulaciones de DefenseCorp obligaban a Eponi a llevar— parecieran molestar a la criatura del pantano. La piloto de Sever observaba desde la nariz frontal de la lanzadera de desembarco, mientras la nave perdía constantemente su batalla contra el lodo suelto que la hundía, mientras Gregor, Sai, Rovo y Aurora corrían esquivando tentáculos y salpicando entre el fango, intentando averiguar cómo herir a la cosa. Toda la escena parecía una mala película, de esas en las que todo el presupuesto se va en efectos especiales y nada en el guion.

—¿Por qué está siquiera esta cosa aquí? —dijo Eponi por el canal del escuadrón, entre una advertencia de Aurora a Rovo y una maldición de Sai cuando su espada volvió a quedarse atascada en el costado de la bestia de barro—. De todo este pantano, ¿justo aterrizamos encima de ella? ¿Cuáles son las probabilidades?

Apuntó el rifle cuando un tentáculo atrapó a Gregor, arrastrando al hombretón hacia la parte superior de la mole de la bestia. Una franja amarilla en el lateral del arma se desplazó hacia el verde mientras el rifle absorbía electrones libres de la atmósfera, cargando sus propias baterías para lanzar la muerte de vuelta. La tecnología de carga había comenzado en armas como esta y luego se había extendido a las motos de carreras que ella amaba, dando lugar a competiciones de días de duración donde gestionar la energía de la batería requería tanta habilidad como navegar por el circuito. Los premios de esas carreras... ya volvería a ellos.

—¡Tú elegiste el punto de aterrizaje! —se molestó en responder Rovo.

—¡Mátenla! —Aurora interpretó su papel, cerrando conversaciones irrelevantes—. Eponi, ayuda a Gregor.

Eponi disparó otro rayo amarillo hacia la parte superior de la bestia. Desapareció en el barro con un chisporroteo, sin hacer nada para ayudar a Gregor mientras la bestia de barro lo lanzaba contra un árbol cercano. Gregor golpeó el tronco, una cosa podrida que parecía más un heraldo de horrores que una planta, y lo rompió, aterrizando sobre las raíces nudosas del árbol. Eponi hizo una mueca —eso parecía doler— y se puso de pie. Gregor no se movía, excepto por el lento deslizamiento de su pierna derecha hacia el fango. Supuso que podría ayudarlo a evitar ahogarse en el asqueroso pantano.

Con sus propulsores activados, Eponi saltó desde la nariz de la lanzadera y voló sobre la hoja oscilante de Sai, un tentáculo deslizante y los disparos dispersos del rifle de Rovo. Por un instante, las raíces parecieron estar fuera del alcance de Eponi, pero, como siempre, los cálculos del casco resultaron correctos y Eponi aterrizó exactamente donde el visor le indicó. Las motos de carreras tenían límites estrictos en sus pilotos automáticos y asistencias por computadora, por lo que la habilidad natural prevalecía. ¿Aquí fuera? Cuanto menos dejara DefenseCorp en manos de sus soldados, mejor.

Realmente mataba la emoción.

—¿Estás vivo, grandullón? —dijo Eponi, alcanzando a Gregor y arrastrándolo —con la ayuda de los aumentos de energía de su traje— lejos del líquido. Envió las palabras a través del comunicador táctil, un enlace de campo cercano que enviaría el sonido directamente a Gregor sin entorpecer el canal abierto del escuadrón—. La pelea aún continúa. Podrían usar tu martillo allá afuera.

Un martillo que, notó Eponi, aún ocupaba una posición privilegiada en la corona de la cosa de barro. Aunque parecía que Sever había avanzado algo: gran parte del barro había sido quemado o cortado, revelando escamas verdes como el pasto y pelo, como si la criatura hubiera mezclado especies y elegido las partes más feas. Las buenas noticias de la pelea no hicieron nada para estimular a Gregor; el hombre permaneció inmóvil.

—¿Puedo despertarlo? —lanzó Eponi al canal.

—¡Adelante! —fue la respuesta de Aurora.

—Lo siento, amigo. —Eponi presionó un pequeño par de muescas debajo del casco de Gregor, contra su cuello.

Esas muescas realizaron un rápido escaneo de verificación contra los guantes de Eponi, asegurándose de que tuviera credenciales amistosas. La pantalla de su visor se dividió en mitades, la izquierda verde y la derecha roja. Eponi guiñó con el ojo izquierdo, y cuando el visor destelló todo verde durante una fracción de segundo, soltó a su compañero de equipo. Dio un paso atrás y observó cómo el traje de Gregor zumbaba con un sonido agudo, como de cristal rompiéndose. En el punto máximo del ruido, Gregor se estremeció, sus manos y pies se agitaron, seguidos de un profundo suspiro. Sus ojos se abrieron, encontraron los de Eponi y luego se cerraron de nuevo.

—Odio eso —dijo Gregor en su canal de campo cercano.

—¿Cuántas veces?

—Perdí la cuenta después de una docena.

Eponi se contuvo de mencionar que las regulaciones de DefenseCorp sugerían todo tipo de efectos dañinos relacionados con el uso repetido de la tecnología de electrochoque. Sever mantenía una relación difusa con DefenseCorp, y eso bien podría extenderse a esto también. Las misiones imposibles exigían compromisos imposibles, o algo así.

La criatura de barro emitió su primer ruido real de la pelea, una tos húmeda y balbuceante que surgió de su centro cuando Sai finalmente logró que su espada atravesara la armadura de lodo líquido de la criatura y cortara la parte buena. En cuanto a estertores de muerte, Eponi había escuchado gritos mucho mejores de pilotos mientras sus vehículos se precipitaban hacia abismos sin fondo o se deslizaban hacia ríos de lava.

Aurora y Rovo aparentemente estuvieron de acuerdo, aprovechando la angustia de la criatura para impulsarse cerca de Sai y concentrar su fuego en la herida fresca. Como una comida de microondas mal elegida, el calor se acumuló a través del centro del monstruo antes de que explotara, lloviendo prodigiosas cantidades de fango y cosas peores sobre todo el escuadrón.

Excepto Eponi, que había aprovechado el levantamiento de Gregor como una oportunidad para cubrirse y se había agachado detrás del hombre grande. Tripas y pegotes salpicaron a todos excepto a ella, y a Eponi no le importó ni un poco. Había sobrevivido, estaba un paso más cerca de ese día de pago.

—Mírate —dijo Rovo aproximadamente cinco minutos después, mientras el escuadrón se dedicaba a descargar lo esencial del transbordador de desembarco. Aurora había asignado a Eponi y Rovo la tarea de los víveres, que estaban lanzando a las mochilas-boya expandibles, así llamadas por sus bolsillos de presión negativa diseñados para repeler la gravedad lo suficiente como para hacer que los pesos pesados fueran fáciles de transportar—. Toda limpia. El resto de nosotros tenemos algo de camuflaje natural.

—Solo hago mi parte —respondió Eponi, metiendo barras de microenergía a puñados en una de las mochilas grises—. Atraeré todo el fuego.

—¿Fuego de qué?

Eponi ya había olvidado que Rovo padecía la enfermedad del novato: todas las amenazas eran hipotéticas, porque Rovo aún no las había experimentado. No fuera de un simulador, al menos.

—¿No viste las naves ligeras?

—No eran tan peligrosas, y logramos alejarnos de ellas —Rovo llenó su mochila hasta el borde y tiró de la cuerda tensa hacia la parte superior. El tirón activó el mecanismo de cierre de la mochila, y la mochila-boya se comprimió alrededor de los paquetes de comida más sustanciales que Rovo había elegido, creando un cubo redondeado que el novato, con la ayuda de Eponi, encajó en un par de muescas en la espalda de su armadura—. Si eso es todo a lo que nos enfrentamos, sin contar al monstruo del pantano, creo que esto debería ser sencillo.

—No nos asignan misiones sencillas. No sé qué te dijeron cuando te uniste a Sever Escuadrón, pero estamos aquí para manejar lo que DefenseCorp no quiere tocar con sus escuadrones legítimos. Eso significa alto riesgo, alta recompensa.

—¿Es por eso que estás aquí? ¿Por la recompensa?

Ver la expresión de alguien a través de su máscara requería visión de rayos X, así que Eponi no podía saber si Rovo había hecho la pregunta honestamente o no. Luego se dio cuenta de que no le importaba.

—Yo no elegí estar aquí. Eso debería decirte que la recompensa no es tan buena —respondió Eponi—. Pero Sever Escuadrón puede mantenerse alejado del resto de las porquerías de DefenseCorp, y dicen que podemos largarnos cuando queramos. Sin contratos, sin cláusulas, sin quejas. Eso es suficiente para mí.

—Es bastante difícil largarse ahora.

Eponi terminó su propia mochila, y mientras Rovo se la ajustaba en la espalda, Aurora dio la orden general de evacuación. Era hora de alejarse del transbordador de desembarco, marchar a través del fango y averiguar dónde se había quedado atrapado este VIP.

—Esa es la verdad —dijo Eponi mientras introducía el código de autodestrucción del transbordador de desembarco. Tardaría un par de horas en activarse, tiempo suficiente para que Sever Escuadrón se alejara lo suficiente de cualquier mirada atraída por el fuego—. Una vez que formas parte de Sever Escuadrón, no hay salida. No con vida, al menos.

10

MARCHA POR EL PANTANO

Ver una nave explotar en la niebla verde mostaza no produjo los fuegos artificiales que Rovo esperaba. Había llegado a DefenseCorp por el dinero, y luego se unió a Sever por la emoción cuando el dinero resultó insípido, lo que ocurrió rápido ya que lo único en que podía gastarlo era en mercancía de DefenseCorp.

Ahora, horas después de iniciar su primera misión con Sever, acababan de masacrar a una criatura gigante de barro. Había disparado su rifle más veces en los cinco minutos de combate que en toda su vida. Rovo podía contar muchas decisiones de las que se había arrepentido en su vida, pero unirse a Sever, hasta ahora, no estaba entre ellas.

Rovo contuvo su sonrisa maniática cuando él y Eponi se reunieron con el escuadrón, aunque el casco ocultaba su boca. Sus nervios, incluso después de empacar víveres y lidiar con el aburrimiento logístico de trazar rutas —Aurora trazaba, Rovo esperaba—, aún hormigueaban. La adrenalina hacía que su corazón latiera con fuerza. Rovo podría haber muerto allí. Aplastado por uno de esos tentáculos. ¿Qué tan genial era eso?

A juzgar por los rostros serios y las bromas cansadas del resto, aparentemente, no era genial. Eso es lo que se obtenía con veteranos curtidos. Como el chico joven, el novato, el principiante, Rovo entendía su lugar. Ya había estado aquí antes —aunque en una oficina donde el arma más peligrosa había sido la cafetera— y probablemente estaría aquí de nuevo de alguna manera. Soportaba las novatadas de Sever, sus órdenes y todo lo demás porque esto, ya, había eclipsado por completo su vida adaptando comunicados de prensa y comunicaciones para su difusión en toda la galaxia. Ahora, en lugar de escribir el marketing de DefenseCorp, sería la fuente de las historias.

—Rovo, ¿quieres ir delante o detrás? —le preguntó Aurora mientras se agrupaban en la costosa tierra que Gregor había usado como plataforma de aterrizaje en la pelea contra la bestia de barro. Sever se había limpiado todo el barro que pudo, dejando manchas de lodo verde en sus armaduras como insignias distorsionadas de un honor dudoso.

—Delante —respondió Rovo—. Si nos encontramos con algo que hable, podré ayudar más desde allí.

—Si nos encontramos con algo que hable, disparas primero y luego averiguas si es amigo —replicó Gregor.

—No puedes hablar en serio —dijo Rovo.

A pesar de la tendencia de Sever a ignorar las reglas, hacer volar en pedazos a cualquier cosa que encontraran parecía una mala estrategia.

—No lo está —respondió Aurora—. Si alguno de ustedes dispara antes de que yo dé la orden, a menos que los estén atacando, serán los que recibirán el láser de mi rifle.

Aurora habló con un duro filo de acero que Rovo encontró un poco extraño, considerando que supuestamente había comandado este equipo durante un tiempo.

¿Por qué ser tan directa y dura con estos tipos? ¿No eran todos amigos? Pero de todos ellos, Aurora parecía tener la mejor cabeza para esto. Rovo prefería que una dura diera las órdenes a un loco como Grégor, que probablemente ordenaría una carrera hasta el objetivo, con quien matara más cosas en el camino recibiendo un premio extra.

—¿Estás segura de que las reglas normales se aplican a esta? —dijo Sai—. Ya nos han disparado desde las naves. Si vamos suaves, terminaremos muertos.

—No sabes para quién trabajan esas naves —respondió Aurora—. Por lo que sabemos, puede haber múltiples facciones en juego aquí. —Aurora hizo esa cosa de líder, paseando su mirada por todo el grupo mientras hablaba, asegurándose de que todos prestaran atención—. No tenemos transporte fuera del planeta. Si nos enemistamos con todos, nos quedaremos atrapados aquí. Así que mantengan esos dedos lejos de los gatillos hasta que yo lo diga.

Rovo quería mirar a Sai, pero llevando un casco diseñado para bloquear disparos láser y proyectiles letales desde cualquier ángulo y, por lo tanto, bloqueando la visión desde todos los lados excepto el frente, no podía simplemente girar los ojos en esa dirección. Los sistemas visuales de la armadura le avisarían de una amenaza inminente fuera de su vista, pero no servían para espiar las reacciones de alguien. Era difícil ser sigiloso con una armadura como esta, pero tal vez eso ayudaba con la honestidad. Llevando esto, tenías que ser directo, tenías que ser claro.

Gregor tomó la delantera con Rovo cuando avanzaron. El hombre más grande lideró, bajó su visor para escanear sólidos, lo que atravesaba el agua del pantano y les permitía caminar por la ruta menos profunda. Aurora los dirigió hacia la fuente de energía más cercana, suponiendo que allí tendrían la mejor oportunidad de encontrar pistas sobre lo que Dynas tenía bajo toda esta niebla. Mientras Gregor escaneaba en busca de pasarelas, Rovo mantenía su visor observando el calor, que la fuente de energía emitía en grandes floraciones; flores rojas y verdes, cortadas por los troncos azules y negros de árboles cubiertos de musgo. En cuanto a qué estructura podría producir este tipo de cosa, una planta de energía era la sugerencia más obvia, pero podría ser una fábrica, algún tipo de mina pantanosa...

O otra criatura, tan enorme y monstruosa que Rovo tendría una historia que contar por el resto de su vida. Eso también sería genial.

Porque en este momento, los documentos eran lo único de lo que Rovo podía hablar. Escaneándolos sin cesar para DefenseCorp en una estación espacial giratoria no muy lejos del sistema Sol. Una estructura que pasaba su tiempo girando entre toda una colección de antenas de transmisión destinadas a potenciar avisos por todo el espacio conocido. Todo tipo de órdenes para misiones por encima y por debajo de la mesa iban y venían, traducidas y enviadas a los respectivos gobiernos y empresas. Más de unas cuantas hablaban de objetivos disfrazados como X o Y o Z. Lo que Rovo había aprendido, lo que seguía demostrando ser cierto: las cosas nunca eran lo que parecían.

Generalmente eran mucho peores.

Gregor se movía por el pantano con toda la sutileza de un elefante borracho. Sus pisadas salpicaban en amplios arcos y mantenía ese martillo en sus brazos, balanceándolo de un lado a otro como si se preparara para golpear una pelota, o sintiendo si algo invisible acechaba frente a él. Rovo le dio espacio a Gregor, manteniéndose en los montículos pantanosos y las pilas de raíces que usaban como puentes terrestres para abrirse paso a través del fango.

—¿Qué piensas? —le dijo Rovo a Gregor—. ¿Será esta una misión difícil?

—Tenemos que caminar —respondió Gregor—. Ya la odio.

—¿Por qué?

Gregor aprovechó la invitación. Siguió y siguió sobre cómo la mayoría de las misiones deberían ser ardientes y directas. Un aterrizaje detonante en medio de una tormenta donde todo es un infierno durante unas horas, y luego no queda nada más que escombros y victoria. Según él, arrastrarse por cualquier cosa era para la infantería, para personas más preocupadas por el territorio que por objetivos singulares. Las tropas básicas, en otras palabras. No las estrellas brillantes de los servicios especiales de DefenseCorp. No gente como Gregor.

—DefenseCorp se está convirtiendo en esto, sin embargo —dijo Rovo una vez que Gregor terminó su diatriba—. Vi a tantos lugares disolver sus propios ejércitos y contratar servicios externos. DefenseCorp ya no solo está guardando lugares o haciendo ataques. Está desplegando ejércitos literales. No puedo esperar a ver qué sucede cuando se les ordene luchar contra sí mismos.

—Es malo para el negocio.

—Bastante bueno, en realidad.

—No, mi negocio —dijo Gregor—. Tú y yo, somos herramientas. Deberíamos ser utilizados para lo que estamos destinados. Quizás tú estés destinado a batallar, quizás estés destinado a perder tu tiempo en un lugar como este. Pero, ¿yo? Yo pertenezco al centro de la acción.

Claro. Porque cuando Gregor se metió en el centro y la bestia del lodo lo lanzó por los aires, eso funcionó tan bien. Pero Rovo se contuvo. Los novatos no podían hacer declaraciones así, y Gregor tenía un martillo realmente grande.

—No sé —dijo Rovo—. Creo que tenemos que cambiar si queremos mantener nuestros trabajos.

—¿El trabajo? —Gregor no se dio la vuelta. No dejó de avanzar, pero Rovo tuvo la clara impresión de que si Gregor lo hubiera hecho, Rovo estaría mirando hacia arriba a una cara enojada en este momento, un par de ojos decepcionados y una cabeza sacudiéndose—. Si esto es un trabajo para ti, entonces deberías estar al frente. Recibir todos los disparos. Ser el trabajador que DefenseCorp quiere. Para mí —Gregor palmeó la cabeza del martillo en su mano derecha—, para mí esto es la vida.

Sentimientos cursis. Rovo también había escrito esos. Abundantes proclamaciones llegando a través de los cables. Parte de por qué había venido aquí, para alejarse de todas esas tonterías. Lo había tenido por un tiempo con la criatura del pantano, pero ahora Rovo tenía un filtro hiperactivo tratando de mantener el aire respirable. Un traje de armadura chirriante que se sentía más pesado a cada minuto. Hambre que no podía saciar porque no podía alcanzar la mochila en su espalda, y aunque pudiera, el pantano no les daba ningún lugar para sentarse y comer. Rovo no podía ver más allá de unos pocos metros frente a él sin recurrir a otros espectros visuales. Emocionante estar en una misión, seguro, pero difícilmente el material de los sueños.

Pero si Gregor veía esto como una especie de empresa edificante para el alma, Rovo podría estar perdiéndose algo. Era hora de ver qué.

—Tomaré el frente si quieres —dijo Rovo—. Si crees que puedo.

Gregor levantó su mano izquierda. Toda la columna se detuvo.

—Aurora —dijo Gregor—. El novato quiere tomar la delantera.

—¿Crees que está listo?

—No.

—Novato, ¿tú crees que estás listo? —preguntó Aurora.

—Me ofrecí voluntario, ¿no? —respondió Rovo.

—¿Entiendes que si algo te mata, no vamos a traer tu cuerpo de vuelta? —dijo Aurora—. Estamos demasiado lejos para una evacuación, incluso si tuviéramos una.

—Lo entiendo.

—Entonces déjalo, Gregor —Aurora no mostró reacción en su traje rojo brillante—. Solo trata de señalar si ves algo, deja que Rovo viva un poco más.

Y así fue como Rovo se encontró marchando de cabeza a través de la niebla, saliendo del pantano y entrando en un infierno completamente nuevo.

11

JUEGOS DE MINAS

Aurora observó a su novato dar sus primeros pasos liderando el escuadrón. Titubeante al principio y luego, cuando Rovo se dio cuenta de que todos esperaban detrás de él, más rápido. Aurora lo entendía; ella también había sido novata una vez. En algún momento había que dar el primer paso.

Ahora Aurora se mantenía hacia atrás con solo Eponi detrás de ella. Preservando alguna apariencia de rango mientras marchaban a través del fango. La batalla con la bestia de barro no le había exigido mucho, aunque Aurora no había tenido que hacer mucho más que disparar su rifle y esquivar uno o dos tentáculos agitados. Habían sido Gregor y Sai quienes habían llevado la carga más pesada.

Pero eso era lo que se suponía que debían hacer los comandantes. Coordinar, planear y reaccionar. Mantener las piezas donde debían estar.

Y vaya pieza en la que se había convertido. Nada acorde con los planes de nadie, incluidos los suyos.

Después de salir del planeta en busca de aventuras, Aurora había pasado por una variedad de trabajos de bajo

nivel hasta que su rostro severo y actitud intimidante —
pulida en una casa llena de hermanos revoltosos— le
valieron una segunda mirada de algún gerente regional que
la puso a cargo de su sucursal local, vendiendo armas
pequeñas a la turba desordenada que vivía en una estación
espacial en la frontera.

Aventuras de sobra allí, especialmente cuando tenía que
rechazar una venta a alguien que parecía más propenso a
abrir un agujero en la estación que a usar el arma con algún
propósito constructivo. Su cuenta bancaria creció. Aurora
salpicaba sus sueños con un toque de osadía. Hasta que
DefenseCorp los cerró.

El visor de Aurora cambió su pantalla mientras recorría
con la mirada a su equipo, con zarcillos de niebla amarilla
flotando entre ellos. Las lecturas del escuadrón aparecieron
en números azules translúcidos frente a sus ojos, mientras
Aurora mantenía sus pies al ritmo de Sai. Signos vitales
normales; Sever Escuadrón se mantenía unido después de la
bestia. Incluso Sai, que seguía pensando en su familia, se
sentía cómodo. Latidos del corazón, adrenalina. Todo bien.
Aurora no podía estar segura de si las señales eran mejores o
peores debido a la niebla; la sopa hacía imposible ver algo
más allá del espectro normal, así que o te relajabas y acep-
tabas lo inevitable, o entrabas en pánico.

DefenseCorp, más pequeña en ese entonces, había
comenzado a evaluar y destruir a sus competidores. En ese
momento, solo a los peces pequeños. Tiendas como la suya
que suministraban los medios de defensa al ciudadano
común, las milicias locales y políticos hambrientos que
pensaban que tener una fuerza de seguridad con dientes se
veía mejor. Porque seamos sinceros, el espacio asustaba a la
gente. Incluso los que se aventuraban en él, como Aurora, lo
hacían porque no tenían otras opciones. No abandonabas

un lugar cómodo en una bonita ciudad con vista al océano y arriesgabas mil muertes terribles porque tenías ganas de viajar. Ibas al espacio porque no tenías nada que perder.

—Más despacio, Rovo —dijo Aurora cuando el novato se adelantó varios pasos más allá de Gregor hasta el punto en que desapareció de su vista, su silueta solo visible en un verde claro en la pantalla frente a sus ojos—. Si te alejas demasiado, no podremos ayudarte.

Su caída libre después del cierre de la tienda había sido rápida. Principalmente porque cuando cierras un lugar lleno de armas, los empleados no se lo van a tomar bien. Aurora y un par de otros empleados, furiosos por la repentina destrucción de sus medios de vida, se llevaron parte del inventario que DefenseCorp no había comprado cuando adquirió la tienda. Modelos más viejos, pero aún bastante letales.

Así equipado, el escuadrón improvisado de Aurora marchó por la estación, haciendo que muchos se dieran la vuelta y caminaran un poco más rápido. Otra parte de la vida espacial: todos tienen sus propios asuntos y mientras no seas el objetivo, mejor ignorarlo. Problema de otro, tiempo de otro.

Aurora no había planeado realmente asaltar Defense-Corp. Incluso en el nebuloso mundo de la justicia de las estaciones espaciales, volar a la gente en pedazos tendía a conseguir que te echaran por una escotilla sin mucho debate, sin importar cuál fuera tu argumento. No importa cuán justificado estuvieras.

Así que cuando llegaron a la sección comprada y propiedad de DefenseCorp, con su entrada pintada en rojos y azules, el logo en grandes letras de bloque atravesando las puertas y un par de guardias musculosos de pie en frente, Aurora se encontró paralizada. Los guardias de Defense-

Corp, algo divertidos por la amenaza, decidieron neutralizarla dándoles lo que todo el grupo realmente quería: trabajos.

Si podías respirar y necesitabas dinero, DefenseCorp te aceptaba.

—Atención —dijo Gregor—. Tenemos algo adelante.

Rovo se detuvo y Gregor lo alcanzó, quedándose al inicio de lo que parecía un gran tronco de árbol caído.

—Gregor —dijo Sai, su voz captando la urgencia tensa que el hombre siempre parecía tener cuando el peligro se acercaba a la vida y las extremidades—. No te muevas. Hay una mina de profundidad justo ahí.

Aurora se unió al grupo, se paró en medio de un montón de ramas caídas cubiertas con plataformas enteras de musgo y lodo. También brotaban hongos, sus copas de un azul fluorescente. Quizás algo para hacerlos visibles en el aire espeso.

Como no podía ver la mina de profundidad, Aurora cambió su visor para detectar firmas energéticas. No exactamente calor, sino más bien el movimiento concentrado de electrones en un espacio reducido. Una mina de profundidad dependía de la interrupción de señales, y esa señal apareció como un destello azul brillante que surgió sobre la superficie del pantano y luego se hundió hasta una pequeña caja chisporroteante de energía. El destello atravesaba directamente la ruta elegida por Rovo y Gregor, sobresaliendo a través de una gran piedra al final del tronco caído. El único camino visible hacia adelante, la única senda aparente hacia la firma energética más grande y brillante que se veía más allá.

—¿Qué es una mina de profundidad? —preguntó Rovo por el comunicador.

—Si rozas esa señal —respondió Sai—, lo averiguarás. Pero no te gustará cuando lo hagas.

—Quédate quieto, Rovo, hasta que decidamos un plan de acción —dijo Aurora. Sai le había dicho a Rovo, en efecto, lo mismo, pero a veces un comandante tenía que reforzar lo obvio, especialmente cuando había un novato involucrado—. Revisa más allá. Estoy detectando firmas más pequeñas.

Nadie colocaría una mina aquí sin nada que proteger. En efecto, ahora que Aurora las buscaba, vio numerosos puntos. Más minas, sí, pero también rastros de señales que conducían a lo que parecían ser, en esta vista del espectro energético, cubos púrpura fríos aparentemente flotando en el aire. Aurora supuso que estaban adheridos a los árboles, torretas esperando que una mina se activara para ver objetivos en la penumbra. Podrían haber sido programadas para disparar a cualquiera, pero tal vez aquellas personas en las embarcaciones pasaban cerca de aquí. No podía haber fuego amigo. Pero los tripulantes de las embarcaciones evitarían las minas, mientras que cualquier intruso por tierra no lo haría. Una forma rudimentaria de proteger un lugar, pero eficaz, especialmente si tu principal amenaza provenía de criaturas que habitaban el pantano.

—Jefa —dijo Eponi desde atrás—. ¿Estamos a punto de entrar en un campo de minas? ¿Qué clase de misión es esta?

Aurora se había estado preguntando lo mismo. Habían recibido disparos tan pronto como se acercaron a Dynas, y DefenseCorp les había dado una nave de descenso débil que apenas había logrado llegar a la superficie. Una señal tenue para rastrear y ninguna otra información para guiarse, sin apoyo. ¿Había hecho Aurora algo para caer mal a DefenseCorp? ¿Lo había hecho Sever? Se sabía que DefenseCorp trasladaba unidades problemáticas a misiones suicidas como una forma fácil de deshacerse de los problemas, pero Aurora no sabía por qué Sever calificaría para ese tipo de eliminación extrema.

—No lo sé —dijo Aurora—. Pero ya estamos aquí, y vamos a salir de esta roca juntos. Sai, ¿puedes encargarte de esta?

—¿Tal vez? —respondió Sai—. Necesito que el novato y Gregor retrocedan. Muy despacio.

—Creí que me habías dicho que me quedara quieto —replicó Rovo.

—Nuevas órdenes —dijo Aurora—. Gregor, tú primero. Paso a paso, y guía a Rovo contigo.

—¿Estás viendo esas torretas, verdad? —dijo Eponi—. Yo veo seis. Si se activan, estamos muertos.

—Están vinculadas a las minas —dijo Aurora—. Si no activamos una, no nos dispararán.

El primer trabajo que había tenido con DefenseCorp, probablemente solo para sacarla de la estación espacial, había sido en un mundo desolado y helado donde Aurora, junto con un escuadrón desafortunado, había sido asignada para defender una instalación minera de criaturas indígenas.

Bestias gruñonas cubiertas de hielo con tantos brazos y garras como sus pesadillas podían darles, se abrían paso a través del hielo, hordas viajeras atraídas por el retumbar de los taladros mineros.

El escuadrón de Aurora había usado minas de profundidad exactamente como esta. Las plantaban antes de cada sesión de perforación, cada noche, y a menudo se despertaban con explosiones que enviaban géiseres nevados al cielo cuando las criaturas intentaban otro ataque. Aurora se levantaba de golpe, alcanzaba sus armas, y para cuando la puerta del hábitat se abría y los vientos fríos drenaban la fuerza de sus huesos, ya había docenas de esas cosas arañando y gruñendo. Disparaba toda la noche, láseres amarillos iluminando la oscuridad hasta que las lejanas estrellas triples traían la luz del día.

—¿Estás segura de eso? —dijo Eponi—. Si te equivocas, y sé que me estoy repitiendo pero creo que es un punto importante que hacer, estamos muertos.

—Estoy segura.

El miedo podía ser una forma de mantener unido a un escuadrón. La idea de que si se separaban o cedían al pánico, todos morirían. Ese miedo a la muerte mantendría al escuadrón enfocado. Los mantendría listos para lo que la misión exigiera. El problema con el miedo era que se extendía como un veneno. Aurora podía verlo empezando, oírlo en la voz de Eponi y en la respiración superficial de Rovo que se transmitía porque había olvidado cerrar su micrófono. Errores descuidados que llevaban a peores resultados que llevaban a más miedo. Un círculo vicioso que terminaba con todos muertos.

Aurora no podía permitir que eso sucediera. No lo permitiría. Mantuvo su voz estable, emitió las órdenes, guio a Rovo y Gregor de vuelta y le dijo a Sai que avanzara. El experto en demoliciones tendría su oportunidad. Desactivar la mina y podrían seguir adelante.

¿Si Sai fallaba?

Bueno, Aurora siempre tenía el miedo.

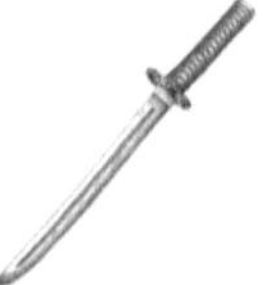

12

MINA DE PROFUNDIDAD

De todas las habilidades que un padre debería enseñar a su hijo, Sai pensaba que la demolición y el desarmado tenían que estar entre las cinco principales. Al menos en términos de utilidad, saber cómo desarmar una computadora, un vehículo o, en este caso, una mina de profundidad, significaba supervivencia.

La vida en el espacio era una vida envuelta en tecnología; saber cómo hacerla inofensiva o evitar que explotara eran habilidades cotizadas. Al menos según indicaba el salario de DefenseCorp.

No es que Sai tuviera la oportunidad de enseñárselas a sus hijos pronto, o alguna vez, gracias a la física y las vastas distancias entre él y su familia.

Estos pensamientos zumbaban en la mente de Sai mientras se acercaba sigilosamente a la mina que le habían ordenado desactivar. Gregor y Rovo se quedaron atrás, cubriéndose con Eponi y Aurora más adentro del pantano, dándole a Sai espacio para trabajar. También, por supuesto, manteniéndose a distancia para no morir si esta mina explotaba o activaba las torretas para derretir a Sai en medio de este desolado lodazal.

De todos los planetas en los que podía quedarse atrapado, Dynas tenía el dudoso privilegio de ser el peor que Sai había visto jamás.

Desiertos, bosques exuberantes, incluso mundos oceánicos donde la sociedad funcionaba en vastas ciudades flotantes, Sai los había visto y amado todos. Había tomado fotos con su visor y las había lanzado a la vorágine digital que iba y venía a través de la galaxia hacia su familia. Después de algunos años o más, sus hijos podrían echar un vistazo a lo que su padre estaba haciendo. Afortunadamente, lo verían antes de morir, ya que la esperanza de vida empujaba a las personas a un lapso de varios siglos, a menos que fueras un idiota como Sai y te lanzaras a una carrera de combate. Lo cual, tal vez, sus hijos ya habían hecho...

La mina. Ahí era donde Sai necesitaba enfocarse. De cerca, Sai podía ver que la cosa había sido incrustada en la base de una roca cubierta de musgo. El grueso árbol sobre el que Sai estaba parado conducía directamente a la piedra, aunque no podía ver nada que continuara del otro lado. ¿Así que la idea era que alguien caminando por su camino activara la mina y cayera al pantano mientras todas las torretas cobraban vida y asaban su cuerpo indefenso? No era la trampa más sofisticada, pero podría funcionar.

Rovo casi la había activado, ¿verdad?

—¿Vas a moverte o qué? —preguntó Eponi—. No sé tú, Sai, pero a mí no me gusta este planeta. Hay otros lugares donde preferiría estar.

—Me tomo mi tiempo porque si no lo hago, todos morimos —respondió Sai—. Si quieres intentarlo, adelante.

—No quisiera dejarte en ridículo.

Claro. Tenía sentido.

Sai se acercó más, sumergiéndose hasta la cintura en el lodo, arrastrándose hacia la mina. A medida que se acercaba al final, el tronco se estrechaba, obligando a Sai a ponerse a gatas, agarrando el tronco musgoso con un abrazo y retorciéndose para acercarse.

De cerca, la mina, gracias a algunos bultos plateados que el musgo aún no había cubierto, reveló algunos secretos. Principalmente, que la mina no solo activaría las torretas. Tenía una base completa, empacada en la parte posterior de la piedra donde algún ingeniero emprendedor había tallado la roca para acomodar un paquete sorpresa. Parecía, además, que esta mina en particular, y posiblemente todo el sistema de defensa, era bastante nuevo, y suerte para Sai: un poco más tarde y todas las piezas visibles de la mina estarían cubiertas por el musgo verde brillante que crecía en cada espacio disponible.

Para desarmar la mina, sin embargo, Sai necesitaba llegar detrás de ella, a los explosivos y donde estaría almacenada la pequeña batería de la mina. Sin esa batería, la mina no podría enviar ninguna información a las torretas, y estarían a salvo. La mina aún podría explotar, pero si Sai se encargaba de la energía y alguien aún pisaba esta cosa, entonces sería su propia culpa. Sai cambió su visor a una vista polarizada que atravesaba el agua del pantano y le daba una buena idea de la profundidad, para ver si podía rodear la mina.

—Casi veinte metros de profundidad por aquí —dijo Sai—. Tengan cuidado dónde pisan.

—¿Pensé que te gustaba nadar? —dijo Gregor, el traje enviando la voz de Gregor directamente al oído de Sai, sonando como si Gregor se hubiera movido justo a su lado y le hubiera hecho la pregunta.

—Me gusta, pero no llevando decenas de kilogramos de armadura. No todos estamos construidos como camiones.

—¿De quién es ese problema?

Sai extrañaba los primeros días, cuando Gregor mantenía la boca cerrada y desempeñaba el papel de hombre fuerte a la perfección. Ahora seguía tratando de ser ingenioso, y había desarrollado suficiente arrogancia para acompañar ese martillo grande suyo. Molesto. Pero bueno, cada escuadrón tenía sus problemas, y los de Sever Escuadrón no eran tan malos como la mayoría. Al menos Sever Escuadrón era eficaz. Al menos Sai sabía que Gregor no huiría de una pelea.

Hablando de peleas, tenía que superar esta mina.

Tal vez, si Sai se aferraba al extremo del tronco, podría sumergirse en el pantano y rodear la mina para encontrar algo a lo que agarrarse del otro lado. La roca y su mina tenían poco más de medio metro de largo. Lo suficientemente grande para agarrar, pero no lo suficientemente pequeña para levantarla y moverla. Sai se estiró hacia adelante, puso sus manos en la piedra y movió sus piernas, listo para dejarse caer y rodearlo. Mientras Sai movía su pierna derecha hacia adelante, se apoyó en sus manos, empujándolas contra el musgo para obtener un agarre firme en la piedra.

La mina emitió un pitido. Una advertencia. Por supuesto que habían puesto sensores de presión alrededor de la piedra. Las manos de Sai probablemente no tenían el peso suficiente para activarla de inmediato —no querrías que las minas explotaran por animales pequeños— así que el pitido debería asustarlos.

—No se preocupen —dijo Sai, retirando sus manos y retrocediendo en el tronco—. Va a ser un poco complicado.

—¿Por qué deberíamos preocuparnos? —dijo Rovo—. Estamos muy atrás.

Demoliciones. La mejor habilidad. El mejor papel.

—¿Puedes dejar de hablar y ponerte en movimiento? —dijo Aurora—. No quiero que esas lanchas nos atrapen esperando.

Bien. Así que Sai no podía usar la roca como lastre. Por suerte, estas armaduras venían con mucho equipo. Sai tomó una línea de enlace, la ajustó a una abrazadera en su cintura y clavó el extremo en el tronco del árbol, donde se enganchó con firmeza. La probó con un par de tirones y pensó que si saltaba y todo el árbol se desprendía, bueno, al menos lo había intentado. Después de hacer esto, Sai miró la niebla amarilla sobre él y deseó tener un cielo mejor para despedirse.

Sever Escuadrón no podía elegir sus momentos de valentía ni dónde ocurrían, simplemente tenían que actuar sin importar las circunstancias.

Sai se deslizó del tronco y se hundió. Intentó agarrarse a algo, pero siguió descendiendo. Una parte profunda del pantano. A través de su visor, Sai vio pequeñas manchas verdes mientras las plantas flotaban en la lenta corriente. Un contador azul y blanco apareció en la parte superior de su visión, mostrando su nivel de oxígeno. El traje asumió que Sai quería ir bajo el agua y tomó las precauciones necesarias, ninguna de las cuales evitaría que se ahogara en el fondo del maldito pantano de Dynas, aunque lo mantendrían vivo el tiempo suficiente para arrepentirse.

La línea de enlace acudió a su rescate cuando alcanzó su máximo. Como si aterrizara en una cama gruesa y esponjosa, Sai flotó bajo el mar turbio.

—¿Necesitas ayuda? —preguntó Aurora.

—Estoy bien.

—No lo parece —añadió Eponi.

—Podría decir lo mismo de ti —Sai no estaba seguro de si eso calificaba como una buena réplica, pero en su estado actual, no le importaba.

El interruptor para retraer la línea de enlace estaba dentro de la abrazadera, así que Sai alargó el brazo y lo activó, iniciando un lento ascenso a la superficie. Mientras subía, Sai nadó con sus voluminosos brazos cubiertos por la armadura. No se movía muy lejos ni muy rápido, pero logró llegar bajo la roca de la mina y al otro lado, consiguiendo alcanzar y desactivar el interruptor, deteniendo la retracción de la línea de enlace cuando salió a la superficie, al encontrar un nuevo banco de arena a medio metro bajo el agua donde apoyarse. Sai soltó un poco de holgura para evitar que su propio gancho lo succionara de vuelta a las profundidades, y entonces parpadeó ante lo que vio.

A través de la bruma, podía distinguir el contorno de un gran edificio, cuya parte superior se desvanecía en la niebla. El pantano también se drenaba considerablemente, pasando de agua a barro y roca musgosa en poco tiempo más allá de la mina. Lo suficientemente cerca, casi, para saltar de la roca a las aguas poco profundas. Una tentación que haría que un visitante ansioso activara su perdición sin pensarlo dos veces.

—Estamos casi en el edificio —dijo Sai—. Estoy al otro lado de la mina, así que voy a desarmarla ahora.

—Buen trabajo —de nuevo Aurora—. Preparémonos. Una vez que tengamos un camino hacia el edificio, lo tomaremos.

Sai se volvió hacia la mina. Parpadeó y cambió su visor a una vista de rayos X, donde podía ver las líneas azul claro que indicaban los bordes de la carcasa explosiva de la mina. Cubierta de musgo, pero ahí estaba. Ahora el truco sería colocar las manos en posición para abrirla sin poner demasiado peso en la parte superior de la roca. Si ponía ambas manos contra el musgo, Sai no tendría una libre para abrir la carcasa y quitar la batería. Si no ponía ambas en la roca para estabilizarse, entonces Sai se deslizaría de nuevo bajo el agua.

Necesitaba una tercera opción. Y la tenía. Sai dio un salto lento desde el banco de arena, flotando hacia la roca musgosa. Tenía una oportunidad o se hundiría de nuevo, pero no podía ir demasiado rápido o activaría la mina.

Sai inclinó la cabeza y aplastó su visor contra la parte trasera de la roca. Su casco se pegó al musgo, cubriendo su visión de una sustancia verde y pegajosa. Pero su casco se mantuvo firme, el musgo ofreciendo suficiente agarre para que, junto con su mano derecha, Sai lograra un feo apoyo para mantenerse a flote. Un abrazo incómodo, pero funcional.

La mina permaneció en silencio. Seguía vivo.

Ahora al trabajo real. Sai chasqueó su muñeca izquierda y activó la multiherramienta. El pequeño dispositivo, que cada miembro de Sever Escuadrón tenía, contenía cortadores láser, destornilladores y otros artilugios simples. Primero, Sai cambió al microláser. Abrió un camino a través del musgo usando su mano izquierda, casi como si apuntara un rayo con su dedo. Brillante y caliente, el musgo retrocedió, quemándose negro en los bordes, dejando un olor a chamusquina en el aire. Debajo del crecimiento, la escotilla trasera de la mina, no más grande que la palma de Sai, esperaba ser abierta.

—Casi lo tengo —dijo Sai—. Pero necesito que alguien esté listo en caso de que haya un interruptor de seguridad en esto.

—¿Interruptor de seguridad? —preguntó Rovo.

—A veces puedes preparar cosas como esta para que exploten si ya no hay energía —explicó Sai—. Es peligroso, porque significa que no puedes tocar la mina una vez colocada, pero no sé con quién estamos tratando.

—Yo te sacaré —dijo Gregor, y aunque Sai no podía ver al hombre acercarse desde su actual punto de vista aplastado contra la roca, se sintió un poco mejor.

No es que Sai esperara sobrevivir si la mina explotaba, pero tal vez, solo tal vez.

Sai cambió la multiherramienta al destornillador de cuña, una pieza nano hecha para abrir solapas estrechas como esta. Con su borde llegando al nivel molecular, Sai presionó el destornillador de cuña contra la placa de la mina y flexionó hacia la izquierda. Sai no podía ver la cosa abrirse, pero sintió el chasquido. Un paso más logrado.

Ahora Sai tenía que ver el interior, y eso significaba quitar su casco del borde de la roca. Lento, con cuidado, Sai se apartó del musgo agarrador para liberar su cabeza. Su mano izquierda alcanzó el borde de la mina, en el espacio abierto creado por el panel, y con el agarre de su mano derecha en la piedra, Sai logró tener una buena vista del interior. Una batería simple de larga duración, y los paquetes explosivos atados, con un millón de pequeños cables que salían hacia esos sensores de presión. Sai tenía que cortar esos primero, luego ocuparse de la batería.

Levantó su mano izquierda, con la intención de volver al microláser. Mala decisión. El repentino peso hizo que su mano derecha se deslizara del musgo, y cuando Sai intentó agarrarse, alcanzó con su izquierda, agarró los paquetes explosivos y los arrancó de la mina mientras caía al agua. Y eso, más que cualquier otra cosa, lo salvó. Sumergido, Sai miró la masa empapada de explosivos desgarrados mientras sus polvos se filtraban, inútiles, en el lodo. ¿Qué tal eso? No era exactamente el plan, pero un buen desarmado tenía mucho de suerte.

Sai salió a la superficie, su boca ya abriéndose para afirmar que había hecho un buen trabajo, cuando el coro sónico de energía mortal lo detuvo en seco. Como el peor enjambre de mosquitos jamás escuchado, las torretas a su alrededor se activaron. ¿Por qué? Porque Gregor estaba allí, con su martillo clavado justo donde había estado la mina.

—Dije que te salvaría —dijo Gregor, sacando su martillo de los restos.

—Todos vamos a morir —respondió Sai.

13

HACIENDO UNA ENTRADA

Resuelve un problema y creas una docena más. Nadie lo dijo jamás, pero Gregor lo pensó mientras su martillo completaba su trayectoria a través de la masa de metal y roca de la mina, esparciendo componentes por todas partes. En cuanto a destrozos, este no fue particularmente satisfactorio; la mina era demasiado pequeña. Carecía de las partes blandas de un objetivo vivo. Pero algo que aprendes rápido cuando tienes un martillo es que no te molestas por la oportunidad de destrozar, sin importar lo que estés destruyendo.

Las torretas, sin embargo, no parecían dispuestas a dejar que Gregor disfrutara del momento.

—Saca a Sai de ahí y vámonos —la voz de Aurora sonó dura por el canal del equipo—. El edificio está justo adelante, no podemos enfrentarnos a todas estas.

A Gregor le hubiera gustado intentarlo, pero él no daba las órdenes. Y, en el fondo, Gregor sabía que no debería. Así que extendió su martillo, lo hundió en el fango y cuando sintió que Sai envolvía sus manos alrededor, Gregor tiró hacia arriba justo cuando el primer rayo golpeó el tronco a sus pies.

Cuando el primer rayo hizo estallar la madera podrida sobre la que Gregor estaba parado.

La línea de enlace de Sai salió volando mientras Gregor se deslizaba en el agua, antes de levantarse con una mano —la derecha solo soltaría el martillo si moría— sobre los restos de roca que habían sostenido la mina. A su alrededor, el pantano se licuaba mientras una lluvia de láser caliente caía. Como si Dynas mismo se hubiera armado y decidido que Sever Escuadrón sería su primer y único objetivo.

—¡Necesitamos cobertura! —Rovo se agazapó detrás de un árbol, agitando su rifle, buscando un objetivo en la ciénaga brumosa.

—No, necesitan moverse —respondió Aurora, y Gregor apenas tuvo tiempo de acomodarse en la roca antes de que los tres pasaran volando junto a él, los propulsores de las botas de sus trajes blindados los llevaban en largos saltos hacia montículos musgosos a metros de distancia. Los tres aterrizaron con toda la gracia que se podría esperar de soldados blindados y torpes saltando a través de fuentes de gas y láser. Rovo resbaló de las piedras para estrellarse de cara contra el fango, enredando a Aurora mientras caía hacia las mismas aguas poco profundas, antes de atravesarlas y desaparecer bajo el agua. Eponi aterrizó de pie, esparciendo lodo y cieno por todas partes. Sai no se quedó atrás, arrastrándose por la arena y avanzando a través de los cañaverales.

Gregor tenía un mejor plan.

Con su martillo en la mano derecha, Gregor se agachó en la roca y saltó con impulso, balanceando su martillo por encima de su cabeza y enganchando una rama gruesa con la cabeza del martillo. El arma se enganchó y Gregor se lanzó hacia adelante, como un héroe mítico. Combinado con sus propulsores, Gregor voló lo suficiente para pasar por encima de sus compañeros de escuadrón y hacer el primer aterrizaje afortunado en terreno firme que conducía a la estructura.

El edificio, así de cerca, se reveló como mucho más que un pequeño puesto de avanzada. Al igual que la mina, sus paredes gris-negras estaban cubiertas de musgo y cosas más grandes —Gregor podría jurar que árboles enteros brotaban de sus recovecos y grietas— como si nadie hubiera limpiado el edificio desde su primera construcción. Las luces chisporroteaban desde dentro, dando su brillo blanco a la niebla.

No estaba vacío, entonces.

A la izquierda, en una sección despejada, había una plataforma de aterrizaje flotante con espacio suficiente para varias aeronaves. Desde la plataforma partía una amplia rampa metálica con soportes sumergidos profundamente en la ciénaga, que conducía a lo que parecía ser la puerta principal de la estructura y la única parte del edificio que parecía haber sido utilizada recientemente. Brillando por el aire húmedo, la puerta parecía estable, construida para entregas, no para asaltos. Lo que Sever Escuadrón tenía aquí no era una estación de energía, sino una base completa, cuyo techo se elevaba varios pisos y que, por lo que se veía, continuaba más abajo de la superficie.

Si Dynas había sido un mundo aburrido y olvidado antes, bueno, aún lo era, pero al menos la misión se estaba volviendo más divertida.

Un dolor punzante dispersó su concentración; Gregor recibió un impacto en la pierna. Su armadura desvió la mayor parte, pero los láseres eran lo suficientemente calientes como para enviar su calor parcialmente a través. El traje informó de una posible quemadura de segundo grado en su piel. Lo que significaba que Gregor tenía que moverse.

Los otros chapotearon detrás de él mientras Gregor daba su primera embestida torpe hacia la puerta. Deberían haber muerto ya por el fuego de las torretas, pero mientras se movían, los láseres seguían golpeando a su alrededor en ángulos extraños. Tal vez la niebla hacía que fallaran, o tal vez eran demasiado viejas y estaban funcionando mal. De cualquier manera, Gregor no iba a quejarse. Sobrevivir en este juego requería tanta suerte como habilidad, y hoy, después de tanta mala suerte, merecían un poco de la buena.

—Romperé la puerta —dijo Gregor, volviendo a empuñar el martillo con ambas manos mientras se estrellaba contra la entrada.

Incluso con el dolor de su pierna, Gregor amaba este momento. La adrenalina surgía. Un objetivo claro con el olor a ozono y batalla espeso en el aire. Lo único que podría mejorarlo sería tener algunas cosas más para aplastar.

Como si escuchara el deseo de Gregor, la niebla a su alrededor se movió, soplada por medios artificiales. Dos aeronaves descendieron en picado, cargadas de soldados. Desde la lanzadera de descenso, y a través de la lente del cañón, Gregor no había podido echar un buen vistazo a lo que llevaban puesto sus enemigos, pero desde aquí, de cerca mientras los objetivos saltaban de sus aeronaves y aterrizaban en las aguas poco profundas, podía ver una malla sintética con textura de red que los cubría. Un traje ajustado, entonces. Equipo orientado a la funcionalidad más que a la protección dura de Sever Escuadrón, pero cada quien lo suyo. Tal vez tenían alguna ventilación especial para el aire del pantano.

Varios idiotas, sacando rifles de las correas de sus hombros, se lanzaron a cortar el paso de Gregor hacia la puerta. Un movimiento audaz. Un movimiento estúpido.

Gregor, ahora a menos de cinco metros, activó los propulsores y saltó. Los guardias de la lancha no debieron esperar que un hombre corpulento con armadura gris azulada saltara tres metros en el aire, porque sus primeros disparos subestimaron lamentablemente su altura y pasaron zumbando por debajo de Gregor sin dar en el blanco. Su defensa fue igual de inútil: los soldados levantaron sus armas, intentaron seguir la trayectoria de caída de Gregor y se dieron cuenta de que estaba a punto de caer sobre ellos. Aterrizó sobre el primero mientras balanceaba su martillo en un amplio arco de izquierda a derecha, alcanzando a los otros dos y derribándolos al suelo.

La arena húmeda y blanda absorbió los cuerpos.

Gregor lanzó una mirada rápida hacia las lanchas, pero el Sever Escuadrón había empezado a hacer su parte, y los láseres de sus rifles tenían a los soldados de las lanchas agachados, buscando torpemente una defensa. Gregor tenía el camino despejado hacia la puerta y, con una buena patada para rematar al hombre sobre el que había aterrizdo, un guardia jadeante, Gregor completó los últimos metros hasta su objetivo. Levantó el martillo y lo estrelló contra la gran puerta. El arma rebotó con un fuerte estruendo que resonó por encima del combate y envió una sacudida vibrante a través del mango, a lo largo de los brazos de Gregor, con suficiente intensidad como para hacer vibrar todo su cuerpo.

Gregor habría perdido el agarre del martillo de no ser por los esfuerzos de su propia armadura para mantener sus manos pegadas a la poderosa arma. Una modificación que había hecho después de una misión similar en X-29, un mundo creado y dirigido por robots obsoletos, donde la vibración se había vuelto tan fuerte después de golpes consecutivos para irrumpir en la puerta de fabricación de una fábrica de robots que Gregor se había roto ambas muñecas.

Ahora se aferraba, ahora se apresuraba a dar un segundo golpe y mientras lo hacía, giró la base del mango. La energía cinética de los últimos golpes —comenzando con la roca de la mina— había dejado el martillo listo para actuar, y esta vez, cuando conectó, la fuerza de una docena de toneladas métricas se estrelló contra la puerta y la hizo volar de sus soportes. La gran puerta se desplomó hacia adentro, aterrizando en el espacio de entrada con un estruendo fuerte e inmensamente satisfactorio.

Gregor levantó el martillo, observó los resultados y anunció:

—Sever Escuadrón, tenemos nuestra entrada.

14

ACROBACIAS

Nada como una carga de tres contra docena. Eponi dejó que Aurora tomara la delantera mientras chapoteaban por el barro arenoso hacia las embarcaciones y los soldados que desembarcaban de ellas. Si tuviera que describir sus uniformes, Eponi diría que se parecían a los trajes acuáticos de Vitara, un planeta acuático donde todos llevaban trajes de neopreno para evitar que la humedad convirtiera a la población en pasas. Dynas, que parecía un enorme pantano, bien podría ser la versión más repugnante.

Sin embargo, nada de eso impidió que Eponi disparara con su pistola. Sus ráfagas amarillas se mezclaban con los rayos blancos de las torretas —que, en su opinión, eran las más inexactas que jamás había visto— y el fuego naranja del enemigo, creando un hermoso espectáculo de luces acompañado por los gritos de los heridos y posiblemente moribundos. No es que Sever Escuadrón estuviera entre ellos. Eponi sintió que su armadura recibía impactos aquí y allá, las quemaduras de láser traspasaban hasta sus piernas y brazos, pero a menos que recibiera disparos repetidos en el mismo lugar, debería sobrevivir.

DefenseCorp, y Sever Escuadrón, se habían preparado para esto. Sus misiones garantizaban tiroteos. El equipo de Sever Escuadrón prácticamente aseguraba que saldrían vivos del otro lado.

Así que cuando Rovo pasó corriendo junto a ella, con una pistola láser de corto alcance en cada mano disparando salvajemente hacia las embarcaciones, como si intentara derribar a sus enemigos por la pura cantidad de disparos en lugar de apuntar, Eponi lo dejó ir. Ajustó su ángulo para que la voluminosa armadura de Rovo y el paquete de provisiones que llevaba desde la lanzadera sirvieran como una cobertura improvisada, mientras su táctica de correr y disparar atraía a los guardias de la embarcación de la derecha hacia el edificio para cortarle el paso.

Los novatos tenían que aprender de sus errores, y adelantarse al equipo definitivamente calificaba como uno.

Eponi sabía por sus días de carreras que obtendría mejores vueltas en una pista desconocida si pasaba la primera ronda siguiendo al piloto más familiarizado. Ellos sabrían dónde reducir la velocidad, dónde acelerar, los atajos y demás. Luego, en la siguiente vuelta, los adelantaría y tomaría la delantera. Una victoria fácil. Al menos, así es como sucedía en su cabeza. Cómo sería cuando ganara el dinero suficiente para volver al circuito.

Aunque Rovo no era el más experimentado, aún podía mostrarle a Eponi lo que no debía hacer.

—¡Toma la izquierda! —le dijo Aurora, la líder enviando la comunicación directamente a través de los canales enlazados y anulando el plan de Eponi—. Rovo y yo mantendremos su atención. Tú te encargarás del flanqueo.

Era necesario, porque parecía que los soldados estaban

montando una pared de energía a lo largo de la rampa que conducía a la entrada principal del edificio donde... Gregor cargaba con un martillo. Los guardias parecían ignorar al hombre, y Eponi divisó tres cadáveres aplastados que ofrecían un argumento convincente del por qué. Sai, abandonando al Capitán Martillo, se unió a los tres, añadiendo su propio rifle al coro que, por el momento, mantenía al enemigo detrás de su creciente cobertura.

La pared de energía atrapaba los rayos láser y absorbía su poder, cargando las baterías del campo con cada disparo. Para flanquear una posición defensiva como esta, Eponi tenía que ir a la izquierda y hacerlo sin ser vista. Su siguiente paso salpicó el lodo y le dio una idea. A veces, el mejor movimiento consistía en fingir el peor.

—Allá voy —dijo Eponi—. Cúbranme.

Se lanzó hacia adelante, agitando las manos mientras caía, pareciendo que la habían disparado o que había perdido toda coordinación. En el enjambre de láseres, cualquiera apostaría por lo primero. Eponi se estrelló bajo el limo turbio e intentó hundirse lo más posible, usando el medidor de oxígeno de su visor como indicador de que se había sumergido lo suficiente. Luego presionó sus brazos y piernas contra el fondo arenoso, propulsándose a una velocidad lenta pero constante que debería dejar poca impresión en la superficie. Mantener a los soldados en la oscuridad el mayor tiempo posible.

—Date prisa —las palabras de Aurora llegaron con un poco de estática debido a la interferencia del líquido—. Estamos expuestos, pero Gregor tiene la puerta abierta. Una vez que nos des una oportunidad, correremos hacia el edificio.

Eponi quería decir que no había sido su decisión hacer la imprudente carga a través del pantano embarrado, pero se mantuvo callada. Aurora siempre había sido del tipo atacante, considerando que una ofensiva fuerte superaba a una defensa cobarde en cualquier situación. Una táctica que a menudo se ajustaba bien a la estructura de misión de Sever Escuadrón, superados en número, en armamento y perseguidos; si dejaban de moverse, Sever Escuadrón acabaría muerto. Pero aquí, ¿en este mundo brumoso donde cualquiera tendría problemas para organizar una respuesta coherente? Sever Escuadrón podría haberse quedado detrás de los árboles, eliminando a los guardias y las torretas desde la cobertura, y les habría ido bastante bien.

En su lugar, Eponi se izó sobre la plataforma de aterrizaje, cerca de la segunda embarcación, la más alejada. Tuvo que usar los propulsores de las botas para subir —no es que Eponi no tuviera mucha fuerza muscular de la buena y antigua, pero estos trajes eran condenadamente pesados— y esos mismos propulsores le dieron un inesperado y chirriante deslizamiento a lo largo de la plataforma flotante de goma hasta que se golpeó el casco contra la parte inferior de la embarcación. Le sacudió bien el cráneo, pero ¿cuántas veces se había aturdido hasta casi la estupidez haciendo alguna maniobra en el circuito?

Sin embargo, el silencio cortó a Eponi. Si nadie de Sever Escuadrón había visto su deslizamiento y golpe, si ninguno de ellos la llamó por ello, entonces el escuadrón debía estar realmente en problemas. Levantó la mirada por encima de la nariz de la nave y captó la situación. Los guardias habían completado su línea de campo de energía y ahora la usaban para ponerse de pie y enviar chispeantes rayos hacia Rovo, Aurora y Sai, quienes se habían agazapado detrás de una roca que se derretía constantemente en medio del acceso.

El fuego de respuesta de Sever Escuadrón era escaso, ya que la supresión del enemigo era casi total. La roca, además, no proporcionaba cobertura contra varias torretas que parecían acercarse cada vez más con sus rayos al rojo vivo. Una mirada hacia el edificio mostró que Gregor definitivamente había destrozado la puerta, pero algunos guardias lo tenían inmovilizado dentro, con Gregor disparando a ciegas sin arriesgar su voluminosa figura.

Eponi prefería salvar al escuadrón mediante un pilotaje impecable, pero dada la situación, tendría que ensuciarse las manos. Volvió a meter su pistola en la funda y alcanzó por encima de su espalda el arma de asalto fijada a su armadura. Con su toque, el rifle de asalto se soltó y Eponi lo atrajo hacia sí, agarrando el cañón con su mano izquierda. Gracias a las armas de energía —Eponi había jugado antes con armas de proyectiles, y estas, con sus voluminosos cargadores y metales más pesados, hacían que movimientos como este fueran mucho más difíciles. El arma no se sentía exactamente ligera como una pluma, pero Eponi no tuvo problemas para apuntarla hacia la línea de guardias y mantener apretado el gatillo. El gas se ionizó, se calentó y se lanzó en brillantes rayos que se estrellaron contra los guardias agachados y tranquilos.

Sus trajes azul-negro estallaron en llamas naranjas cuando Eponi dio en el blanco, abatiendo a cinco soldados en los primeros segundos. Los otros reaccionaron rápidamente, lanzándose de la rampa al agua pantanosa y abandonando su fortificación. Uno logró disparar en su dirección, el rayo golpeó la nariz de la nave y dejó una marca chamuscada en el revestimiento verde y marrón, que de por sí ya era feo como el infierno.

—Ahí tienen su oportunidad —dijo Eponi, continuando su ráfaga de disparos alrededor de los bordes de la rampa para desalentar cualquier valentía.

—Haciendo la ruptura. Mantengan la cobertura, luego

cambien una vez que lleguemos al edificio —Aurora lideró la carga ella misma, nuevamente, el trío escalando y corriendo más allá de la roca hacia la abertura.

Era de esperar que Eponi fuera la última. Con los guardias sometidos, Eponi giró y derribó algunas de las patéticas torretas, volando los cubos fuera de los árboles y enviando sus restos en llamas al agua. DefenseCorp fabricaba los rifles de asalto para dispersar multitudes, no para precisión, pero cuando el objetivo no se movía, incluso un arma como esta podía hacer el trabajo.

—Lista, Eponi —dijo Aurora.

Dada la señal, Eponi deslizó el rifle de asalto de vuelta a su ranura en la armadura y salió corriendo alrededor de la nariz de la nave. Los guardias tampoco esperaron un mejor momento, sino que gritaron que había llegado la oportunidad y comenzaron sus propias carreras hacia la plataforma de aterrizaje. Aurora y Rovo le dieron a Eponi algo de fuego de cobertura, sacando sus propios rifles y lanzando suficientes rayos azules como para que Eponi sintiera que corría a través de una explosión acuática. Los soldados enviaron láseres erráticos y fallidos tras ella, y después de varios largos segundos y zancadas aún más largas, Eponi pasó sobre la puerta rota y entró en el muelle de carga de la base.

Cajas de suministros abarrotaban la amplia zona, con el espacio inmediato más allá de la puerta despejado para que los nuevos transportes pudieran descargar, girar y salir. Más allá de ese rango, las cajas acanaladas, codificadas por colores para indicar su contenido, se apilaban esperando que alguien las recogiera en un viaje de regreso a donde fuera que en Dynas sirviera como soporte para esta base. El tamaño colosal del muelle de carga, más grande que algunos de los hangares de carreras que Eponi había usado, hablaba de cuán grande debía ser este edificio. Tantos suministros significaban mucho personal, lo que implicaba mucho trabajo para mantener este lugar en funcionamiento.

Y correr era lo que Sever Escuadrón debería estar haciendo, pero una vez que pasó más allá de Aurora y Rovo, no parecía haber ningún otro lugar a donde ir. Gregor y Sai estaban en la única puerta que conducía más adentro, una bastante más pequeña que la entrada principal, y aparentemente lo suficientemente reforzada como para que el martillo de Gregor no pudiera romperla. Al menos, eso es lo que Eponi dedujo cuando vio a Gregor golpear el martillo contra el suelo y maldecir.

—¿No puedes cortar a través de eso con esa cosa? —preguntó Gregor a Sai, quien no desenvainó su espada en respuesta.

—Puede cortar metal bien —dijo Sai—, pero no va a atravesar algo tan grueso.

A la derecha de la puerta, sobresaliendo de la pared, había lo que parecía ser una sala de control con ventanas estrechas. A través de ellas, mirando con aire de suficiencia, estaba un guardia vestido con lo que parecía un uniforme verde esmeralda más normal. Observaba a Gregor y Sai jugueteando con la puerta, y Eponi lo observaba a él. La única razón por la que el guardia podía parecer tan despreocupado con un grupo de enemigos fuertemente armados y blindados en su base sería porque esperaba invulnerabilidad. Si Sever Escuadrón no podía avanzar más, eventualmente se quedarían sin energía. Naves de refuerzo llenas de guardias frescos podrían acabar con ellos.

—Necesitamos un nuevo plan —dijo Gregor—. Estamos atrapados.

—Entonces encuentra una salida —respondió Aurora—. Rovo y yo no podemos mantenerlos inmovilizados para siempre.

Eponi siguió mirando, pero no vio ninguna ventilación abierta. Ni otras puertas o formas de abrir paso. Gregor recogió el martillo y lo balanceó contra un punto aleatorio en la pared, causando una buena abolladura, pero nada más.

—¿Tienes alguna bomba grande? —preguntó Eponi a Sai—. ¿Para volarnos un agujero?

—Si el martillo de Gregor no puede atravesar, necesitaría un explosivo bastante grande —respondió Sai—. No podríamos quedarnos aquí, y no voy a volver allá afuera.

Como para dar veracidad a las palabras de Sai, los rayos comenzaron a pasar zumbando más allá de Aurora y Rovo, quienes gritaron que una tercera nave acababa de aterrizar afuera. La situación no estaba mejorando, lo que significaba que tenían que recurrir a tácticas inusuales.

—Gregor —dijo Eponi, señalando las ventanas y la cara del guardia—. Rompe eso.

Gregor, en su gran armadura gris azulada, la miró por un segundo antes de encogerse de hombros. Dio dos largos pasos antes de inclinarse para dar un amplio y arqueado golpe contra la ventana y el guardia que retrocedía detrás de ella. El martillo destrozó el cristal, esparciendo fragmentos por todas partes.

—Demasiado pequeño —dijo Sai.

—Para ti, quizás —respondió Eponi. Los corredores de circuito tenían que ser pequeños —menos peso y tamaño hacían naves más pequeñas y afiladas— y Eponi calculó que tenía una oportunidad de pasar por la rendija. Solo que no podía mantener su armadura puesta para hacerlo—. Cúbranme.

Eponi se acercó pesadamente a la ventana mientras Gregor y Sai sacaban sus escupidores y mantenían al guardia dentro acobardado. Con la espalda contra la pared sólida, observando a Aurora y Rovo intercambiar fuego cada vez más desesperado con los guardias fuera, Eponi activó los comandos de salida de su armadura. Presionó un par de pequeños botones en su cintura y, con una serie de clics, su armadura se desabrochó, desplegándose como la cáscara de una fruta particularmente madura. Diseñado para viajar en naves estrechas, su traje amarillo siguió su propio algoritmo para empaquetarse y comprimirse, convirtiéndose en una caja no mucho más grande que la mochila llena de provisiones que había tomado de la nave de desembarco y dejado a su lado. Unos escasos segundos después, Eponi quedó solo con su delgado traje corporal, entregando su pistola láser a Gregor.

—¿Lista? —dijo Sai, proyectando su voz a través de los altavoces de su traje, ya que Eponi ya no tenía forma de acceder al canal del escuadrón sin su casco.

—Lista —Eponi retrocedió de la ventana, evaluando la abertura. Sería ajustado, pero podría lograrlo—. ¡Ahora!

Corrió, saltó y agradeció a su traje corporal mientras este protegía sus manos de los fragmentos de vidrio restantes que bordeaban los bordes de la ventana como dientes irregulares. Eponi se impulsó hacia arriba, se deslizó a través y atrapó su pistola láser cuando el hombre grande se la lanzó mientras completaba la caída. El guardia dentro tuvo tiempo de mirarla y comenzar a decir algo antes de que ella lo friera.

—Buen lanzamiento —dijo Eponi a Gregor, quien levantó el martillo en respuesta.

La sala de control mantenía las cosas simples. Una serie de botones transparentes, sin una consola real. Sorprendentemente de baja tecnología, pero entonces, parecía que esta base estaba en medio de la nada. Sistemas más complicados significaban más puntos de fallo, y si no se podía tener un mantenimiento confiable... Eponi siempre se había reído de los corredores de circuito que pensaban que sus naves súper elegantes les daban una ventaja. Volarían su sistema de navegación contra un micro-asteroide o calcularían mal sus millones de chorros y enviarían su juguete de precio máximo al olvido, y a menudo a ellos mismos junto con él.

—Tengo nuestra escapatoria —dijo Eponi, tocando el panel y sonriendo mientras los consiguientes ruidos metálicos abrían la única salida interior del muelle de carga.

—Tengo tu armadura —dijo Sai, sosteniéndola mientras él y Gregor se dirigían pesadamente hacia la apertura—. Ven a buscarla, por favor.

—Voy en camino —Eponi miró hacia atrás al guardia. Se preguntó si tenía algo que debiera tomar; llevaba una placa, y otra puerta, que salía de la sala de control, parecía tener uno de esos escáneres de seguridad.

—¡Vamos, Eponi! —gritó Aurora—. ¡Nos estamos retirando!

No les serviría de nada quedar atrapados de nuevo. Eponi se agachó, arrancó la placa del guardia y se volvió hacia la ventana cuando el fuego láser cascadeó a través y Eponi se arrojó al suelo mientras la energía caliente cosía una línea brillante en las paredes a su alrededor.

—¡Necesito una apertura! —gritó Eponi.

No hubo respuesta, pero el fuego que venía hacia ella se apagó, así que Eponi se arriesgó a echar un vistazo. Sever Escuadrón había desaparecido del muelle de carga, aunque al menos dos de sus compañeros de escuadrón mantenían algo de fuego desde su nueva puerta. Guardias en esos trajes de buzo entraban en tropel por la entrada principal, prácticamente asegurando una muerte rápida para Eponi si hacía un salto desprotegido por la ventana. Cambio de planes, entonces. Una nueva ruta. Extendió la mano, invirtió los botones que había presionado antes y cerró de golpe la nueva puerta de Sever Escuadrón. Luego Eponi destruyó los controles, fundiendo los botones.

El fuego de respuesta vino hacia ella, así que Eponi se agachó, se deslizó hacia la puerta y pegó la placa al escáner, rezando para que se abriera. Con un pitido, lo hizo, mostrando un pequeño pasillo al otro lado. Sola, sin armadura y con solo su confiable pistola láser para protegerse, Eponi atravesó.

Una corredora tenía que adaptarse a lo inesperado.

15

MOVIMIENTO DE NOVATO

Así sin más, Sever Escuadrón se había reducido a cuatro. Eponi había desaparecido por esa ventana mientras Rovo lanzaba su granada de humo y no había vuelto a salir. En todas las películas, el héroe siempre escapa después de hacer la gran jugada, pero Rovo tenía que recordarse a sí mismo que esto no era así. Estaban lidiando con consecuencias reales aquí, no solo un juego. Así que cuando Gregor le entregó a Rovo la armadura de Eponi, que se había comprimido en un paquete rectangular y ordenado, Rovo realmente tuvo que cargarla.

—La necesitará —dijo Gregor.

—Se acoplará a tu mochila —dijo Sai, acercándose a Rovo por detrás mientras Aurora cubría la pequeña puerta, ahora cerrada, que conducía de vuelta a la zona de carga.

Gregor adoptó el papel de líder, una posición que su martillo le había ganado, una posición por la que nadie se molestó en luchar. El corredor al que habían entrado tenía un ancho considerable comparado con un pasillo normal, lo suficientemente grande como para que los carros de suministros pudieran circular, pero en comparación con el pantano abierto, se sentía terriblemente similar a las estaciones espaciales en las que Rovo había vivido durante tanto tiempo. No era una sensación a la que le gustara volver, pero supuso que la familiaridad ayudaba a calmar el pánico que había estado creciendo desde que esas torretas comenzaron a dispararle.

Le dolía el hombro derecho, y Rovo sabía que su rodilla izquierda necesitaría atención. No sabía si habían sido los guardias o las torretas las que le habían alcanzado cuando Rovo hizo la carrera final hacia la base, pero esos destellos habían llegado con tanta sorpresa como dolor. Las simulaciones nunca lograban esa parte: podían conseguir que las batallas fueran perfectas, los visuales asombrosos, pero ¿la sensación real de recibir un disparo? DefenseCorp tenía un largo camino por recorrer antes de poder eliminar el miedo de sus aprendices. Solo la presencia de acero de Aurora, y el pensamiento del martillo de Gregor asestando un golpe fatal a un desertor, mantenían a Rovo en línea ahora.

El sutil pánico de Rovo no residía solo en su mente. Sus manos temblaban, el sudor brotaba por todas partes aunque su traje mantenía su temperatura ideal. El estómago de Rovo se revolvía, y seguía apretando las manos en el gatillo de su rifle, como si el arma pudiera de alguna manera salvarlo de donde había terminado. La criatura del pantano había sido emocionante, una extraña emoción para comenzar la aventura, pero ¿estos guardias? No eran malos sueños, realmente estaban tratando de matarlo.

Si Rovo no lograba recomponerse pronto, probablemente lo lograrían.

Sever pasó por la entrada de lo que parecía un comedor, convenientemente cerca de donde alguien descargaría comida, antes de continuar hacia una intersección circular. Los pasillos se dividían a la izquierda y a la derecha, mientras que justo enfrente una gran puerta corredera tenía su cara cromada cubierta con un profundo verde 1. A los lados de esa puerta, números de piso de un blanco impactante pintaban paneles cromados, incrustados en botones. Parecía un ascensor que podía subir o bajar un solo piso.

—¿Alguna conjetura? —preguntó Sai—. ¿Alguna vez obtuviste planos en ese trabajo de comunicaciones, Rovo?

—No de lugares como este —respondió Rovo—. Las bases secretas en planetas ocultos tienden a no pasar por canales oficiales.

—Nos separamos —interrumpió Aurora, caminando hacia el centro del círculo e inspeccionando la puerta—. No voy a asumir que Eponi está muerta hasta que encontremos su cuerpo, pero también necesitamos encontrar una salida de esta base que no implique volver a esas naves.

—Espera, ¿quieres que nos separemos? —dijo Rovo—. ¿Con todos esos tipos allá atrás? —Sever miró a Rovo, sus cascos ocultando expresiones que el novato podía adivinar no eran muy halagadoras—. Miren, sé que soy nuevo, pero ¿no pueden estar pensando seriamente que deambular por este lugar en pequeños grupos es el plan correcto?

Aurora se dio la vuelta, enfrentando directamente a Rovo. —Rovo, agradezco tu opinión, pero cuando doy una orden, espero que se cumpla sin discusión. Estás blindado, tienes armas más pesadas que ellos. Los pasillos pequeños nos favorecen, porque no pueden rodearnos. —Se giró a medias hacia el ascensor—. Estamos en un planeta que no conocemos, luchando contra una fuerza que no entendemos. Separémonos, encuentren a Eponi y una salida. Aprendan lo que puedan sobre este lugar también, podría ayudarnos a encontrar al VIP.

Rovo se había olvidado del objetivo. Con todo lo demás, recorrer el planeta para rescatar a quienquiera que hubiera enviado esa primera señal parecía el colmo de la locura. Su rifle ya estaba bajo de energía, y aunque Sever tenía energía de repuesto, luchar así los dejaría agotados y vacíos antes de mucho tiempo. Cualquier objetivo que hubieran tenido al principio, Sever no podría lograrlo ahora, no sin algunos cambios importantes.

—Llevaré al novato y encontraremos a Eponi —dijo Sai—. Ustedes consígannos una salida.

¿Sai? ¿Por qué el tipo de demoliciones quería ir con Rovo? De nuevo, los malditos cascos ocultaban las expresiones, así que Rovo tuvo que asumir que Sai había perdido algún tipo de apuesta. Ni Aurora ni Gregor discutieron la decisión, y este último golpeó el piso inferior en el ascensor. ¿Por qué abajo en lugar de arriba? Rovo no lo sabía, pero ya había sido regañado por Aurora una vez en esta conversación y no le apetecía ser golpeado de nuevo.

—Bien —dijo Aurora—. Les diremos cuando hayamos encontrado algo. Ustedes hagan lo mismo.

Rovo esperó aproximadamente tres minutos después de que dejaron la intersección, con Aurora y Gregor desapareciendo dentro del ascensor, para preguntarle a Sai por qué había elegido ir con el novato. Se movían lentamente por el pasillo de la derecha, que parecía que podría reconectar con la ruta de Eponi. Las puertas bordeaban el espacio, cerradas y con escáneres de identificación. Sai podría haberlas volado o tal vez cortado con su espada, pero Eponi probablemente no se estaba escondiendo en alguna habitación al azar. Sai también había tomado la delantera, caminando con cautela con su rifle fuera y apuntando hacia adelante. Rovo sabía lo suficiente como para girarse de vez en cuando mientras pasaban bajo las pequeñas luces blancas del techo para revisar sus espaldas.

—¿Por qué? Porque yo también fui novato una vez —

dijo Sai—. Pensé en devolver el favor que otro tipo hizo por mí. Sé que da miedo estar aquí, en tu primera misión como esta.

¿Sentimiento? ¿Calidez de un Sever?

—Es... difícil —admitió Rovo.

—El mejor consejo que puedo darte es que no te dejes llevar por la emoción. Guarda eso para después —respondió Sai—. Ahora se trata de sobrevivir, y si quieres hacer eso, tienes que mantener la calma.

—Supongo que no debería sorprenderme escuchar eso de un experto en bombas.

—De cualquiera que haya sobrevivido a más de un par de misiones. Usualmente la solución a un problema, incluso en un tiroteo, no es seguir disparando. Tienes que saber dónde apuntar, encontrar la debilidad.

—Ahora solo estás soltando clichés.

—Son clichés por una razón. Te mantendrán con vida.

El pasillo dio un giro brusco a la izquierda, y se encontraron con otra puerta, esta pintada con el característico signo amarillo de radiación. Un escáner de identificación en esta puerta también. Sai se paró frente a la entrada mientras Rovo lo alcanzaba. Intentó adivinar qué miraba Sai, pero no pudo.

—¿Sabes qué es extraño? —dijo Sai, aún mirando fijamente la barrera—. No hay ninguna alarma sonando aquí. Las luces están en su tono normal. Sin evacuación, sin llamadas a las armas. En una base como esta, uno pensaría que habría todo un equipo aquí luchando contra nosotros.

—Estaba el tipo que Eponi eliminó.

—¿Uno? No, son demasiado pocos. —Sai extendió el brazo, empujó a Rovo un paso atrás—. Dame algo de espacio. Voy a cortar esto para abrirlo.

—De todas las puertas, ¿eliges la que tiene el signo de radiación?

—Mírala. La puerta es demasiado delgada para bloquear algo realmente peligroso. Lo que sea que esté detrás de esto podría causar un problema, pero no está vertiendo muerte ahora mismo.

—¿Así que vas a arriesgarte por una corazonada?

Cuando lees innumerables comunicaciones que van de un extremo al otro del alcance galáctico de DefenseCorp, te acostumbras rápidamente a ignorar las ordinarias. Rovo, sin embargo, podía recordar muchos informes de misiones destacados que relataban comportamientos de avanzar sin importar las consecuencias, resultando en la aniquilación de escuadrones, fracasos totales o consecuencias no intencionadas. También había algunos exitosos, pero los desastres se le quedaban grabados, y pasaron rápidamente por la mente de Rovo mientras Sai le daba al novato una mirada seria.

—¿Tienes alguna mejor idea? Eponi no tiene protección ahora mismo, y esos guardias eventualmente vendrán por nosotros.

Los guardias. Tendrían que estar hablando entre ellos, y a pesar de la discusión anterior, Rovo tenía que creer que esta base no había sido abandonada. De lo contrario, ¿por qué gastar tanto esfuerzo en protegerla? Y para hacerlo efectivamente, el enemigo necesitaría coordinarse, y Rovo podría ser capaz de escuchar. Como oficial de comunicaciones de Sever, Rovo había llenado espacios en su traje que otros gastarían en accesorios —sin duda más bombas en el caso de Sai— con equipo para captar señales que debería darle a Rovo la oportunidad de escuchar lo que estaba pasando.

—Déjame revisar las ondas —dijo Rovo—. Podría ser

capaz de escuchar si alguien ha atrapado a Eponi, o si hay algo detrás de esta puerta de lo que debamos preocuparnos.

—¿Puedes escuchar lo que están diciendo, y lo estás haciendo recién ahora?

—Sí, lo estoy haciendo recién ahora. Cuando no nos están disparando.

Probablemente Sai tenía razón en que Rovo debería haber estado escuchando mucho antes de este momento, pero hey, los novatos aprenden de la experiencia. Rovo no se reprocharía por no ser un experto en disparar láseres y analizar mensajes enemigos al mismo tiempo en su primera misión real.

Rovo activó el interceptor de comunicaciones, con nombre en clave Bug, con un comando vocal. Su casco se llenó con los sonidos de charla confusa, voces humanas claras que hablaban en chirridos, pitidos y aullidos sin tono.

—Están hablando mucho, pero está encriptado —dijo Rovo mientras Sai desenvainaba su espada, midiendo el golpe—. Necesito agregar los códigos a Bug.

—Así que estamos de vuelta donde empezamos.

—No, espera. Déjame intentar algo. —Bug podía hacer más que solo escuchar transmisiones, Rovo podía usar el sistema para reducir de dónde provenían las transmisiones. Lo hizo ahora, y una mancha de mapa salpicó su visor. Sin contornos ni líneas físicas, sino más bien puntos de colores con distancias relativas aparecieron y desaparecieron lentamente mientras Bug captaba mensajes y los analizaba. Muchos venían de detrás de ellos, en dirección a la entrada de la base, pero un par más venían de enfrente. No muy lejos, tampoco—. Parece que hay alguien al otro lado de la puerta.

Había dos formas de reaccionar a esa observación. O Sai y Rovo podían tomarlo como evidencia de que iban por el camino equivocado e intentar encontrar otra opción, o usarlo como prueba de que nada terrible se encontraba al otro lado de la barrera. Presumiblemente los guardias no pasarían el rato en un vertedero radiactivo.

—Bien. Vamos a atravesarla. —Sai tomó la decisión, levantó la hoja.

Rovo apuntó su rifle de asalto al centro de la puerta, justo en el círculo nuclear. Tomó una respiración profunda y estabilizadora. Había pasado casi media hora entre tiroteos, y había sido la mejor media hora de su vida.

Se acabó el descanso.

Sai partió la puerta con un corte de esquina a esquina, seguido por un segundo corte cruzado, y cuando eso no logró quitar la puerta del camino, el espadachín abandonó todo estilo y cortó otros pedazos con golpes dirigidos. Todo el tiempo, Rovo, con Bug apagado para poder concentrarse, intentaba ver más allá, buscar objetivos si existían.

Aunque Rovo no podía ver la radiación, la destrucción sistemática de la puerta por parte de Sai reveló una gran habitación iluminada de verde más allá, con lo que parecían micro-reactores encerrados en columnas protegidas. No era tan sorprendente —una base aislada como esta necesitaría su propia fuente segura de energía, y Dynas no parecía propicio para una solución solar— pero Rovo quitó el dedo del gatillo de todos modos. No quería arriesgarse a que un disparo fallido causara una fusión nuclear.

—Lo siento —dijo Sai cuando terminó de cortar la puerta en literalmente tiras—. Pensé que sería más fácil.

—Aun así se vio genial.

Entraron lentamente en la habitación, Sai optando por mantener la katana fuera por las mismas razones que Rovo dudaba en usar su rifle. Morir en una explosión nuclear sería al menos rápido, pero, en general, sería mejor evitarlo.

Cuatro reactores y sus columnas, cada una de varios metros de ancho y extendiéndose desde el suelo hasta atravesar el techo en una majestuosidad cromada e impecable. El resplandor verde provenía de una multitud de luces indicadoras alrededor de cada columna y las pantallas obligatorias que mostraban calor, potencia de salida y otra información que Rovo suponía sería útil para quienes la entendieran. Lo importante era que los reactores parecían estar en buen estado, a pesar de la irrupción y los combates en el exterior del edificio.

En el lado opuesto de la sala, la planta de energía terminaba con una pared recta que parecía lo suficientemente gruesa como para dar al exterior. Un par de salidas más pequeñas se encontraban a la derecha e izquierda de Rovo. La idea de que el edificio hubiera sido diseñado para canalizar a la gente junto a un montón de reactores nucleares parecía ridícula, pero también lo era la idea de construir cualquier asentamiento en este mundo maldito.

—Con cuidado —dijo Rovo mientras comenzaban a avanzar hacia la derecha, teóricamente más cerca de encontrar a Eponi—. El bicho detectó a algunas personas por aquí.

—No estoy viendo nada.

Sai tomó la delantera, llegando casi hasta la puerta mientras Rovo vigilaba, tratando de ver detrás de las columnas. Eran lo suficientemente grandes como para proporcionar una excelente cobertura, y lo suficientemente peligrosas como para que no quisieras disparar a nadie que se escondiera detrás de ellas de todos modos.

—¡Ríndanse! —gritó alguien desde el otro lado de la planta de energía, cerca de la pared exterior—. ¡Están superados en número y es demasiado peligroso pelear aquí!

—Voy por la puerta —dijo Sai—. Cúbreme.

Rovo no sabía cómo cubrir a alguien cuando tenía demasiado miedo de disparar y no podía ver a nadie a quien disparar aunque quisiera. Así que recurrió a su entrenamiento, a su instinto.

—¿Por qué deberíamos rendirnos si es demasiado peligroso pelear? —gritó Rovo mientras Sai se dirigía a la puerta, los pies blindados del espadachín haciendo los ruidos más fuertes contra el suelo metálico.

Silencio, excepto por los pasos de Sai. Tal vez Rovo los había engañado. Entonces una figura se asomó desde el último reactor de la derecha. La persona apuntó un rifle y disparó un rayo contra Sai, fallando hacia la izquierda. Rovo retrocedió contra el reactor más cercano a la derecha, luego se inclinó hacia la derecha para ver si podía disparar su propio tiro, súper seguro. Cuando el guardia salió de nuevo, mientras Sai llegaba a la puerta del lado derecho, Rovo se atrevió a disparar un par de rayos. Impactaron en la pared cerca del objetivo, un tiro horriblemente malo que, sin embargo, hizo que el guardia se refugiara de nuevo.

—¿Qué estás haciendo? —gritó Rovo—. ¡Vas a matarnos a todos!

—¡Mira quién habla! —respondió el guardia.

—¿Tregua?

—¡Jamás!

Sai comenzó su trabajo de corte en la puerta. Aunque sin duda era divertido blandir una espada contra el metal, permanecer inmóvil sin ninguna cobertura convertía a Sai en un blanco que cualquier soldado adoraría atacar. Rovo tenía que proporcionar cobertura, lo que significaba distraer a los guardias tanto como fuera posible. Así que Rovo corrió. Directamente hacia el enemigo.

—¡No tardes demasiado! —gritó Rovo mientras daba la vuelta al reactor y corría —tanto como se podía en un traje de armadura como este— hacia el último reactor de la fila.

El guardia se asomó mientras Rovo corría, y Rovo volvió a disparar, apuntando intencionadamente lejos del guardia, pero lo suficientemente cerca como para hacer que el tipo se echara hacia atrás de nuevo. Películas de acción pasaban por su mente mientras corría, Rovo pensando que podría dar un giro rápido alrededor del reactor y golpear al guardia con la culata de su rifle, dejándolo inconsciente sin hacer explotar todo, salvando el día de manera fabulosa.

En cambio, cuando Rovo dobló la esquina alrededor del reactor del guardia, encontró algo bastante lejos de la gloria: absolutamente nada. Solo espacio abierto hasta el siguiente reactor, el que estaba en diagonal desde donde Rovo había iniciado su carga maníaca. Pero si el guardia había huido hasta aquí, eso podría significar... ah, mierda.

—¡Sai! ¡Cuidado! —transmitió Rovo mientras se daba la vuelta.

—Ya pasé, ¿dónde estás? —respondió Sai, y Rovo confirmó las palabras cuando miró hacia atrás por donde había venido y no vio señales de su compañero de escuadrón.

—¡Voy de regreso, cúbreme!

Rovo comenzó a regresar, cuando varios rayos dispararon a través del frente de la sala, hacia el pasillo que Sai acababa de abrir. El guardia debía haber llegado allí ya. Sai se arriesgó a disparar de vuelta mientras Rovo se dirigía pesadamente en esa dirección. Un guardia contra dos Severs debería ser una pelea rápida.

—¡Rovo! Tengo que seguir moviéndome, hay más de ellos aquí —envió Sai, con el esfuerzo resonando en la transmisión—. Voy a volar el pasillo. ¡No vengas tras de mí!

¿Que no fuera tras él? Rovo se plantó contra la parte trasera de su primer reactor. La salida de Sai no estaba lejos, pero si su propio compañero de escuadrón le decía que no fuera allí, entonces, bueno, entonces Rovo debería buscar otro lugar. O al menos encargarse del guardia. O... ¿algo?

—¿Qué hago? —envió Rovo.

—¡No mueras! —Sai siguió hablando, pero las palabras se distorsionaron cuando un estruendo retumbante, seguido de una gran nube de polvo y metralla, salió disparado del pasillo.

Rovo se arrojó al suelo, aunque el movimiento no serviría de nada si la detonación de Sai activaba uno de los reactores. Cuando no desapareció en una explosión radiactiva, Rovo se levantó, volvió hacia la primera puerta marcada con el símbolo nuclear por la que habían entrado, y miró hacia la ruta de Sai. El guardia que les había estado disparando yacía en el suelo, aparentemente inconsciente. El pasillo de Sai parecía igual: roto e inútil.

Aún tenía la armadura de Eponi, así que Rovo no quería correr de vuelta hacia el ascensor que Aurora y Gregor habían tomado, una ruta que probablemente lo llevaría a un enfrentamiento frontal con todos los otros guardias de la nave. Lo que significaba que tenía una opción: la otra puerta lateral. Esta también tenía un escáner de seguridad, y Rovo no tenía una espada para cortar y rebanar. Eso dejaba una estrategia, y aunque su primera película de acción había fallado, esta podría funcionar.

—Millones de vídeos no pueden estar equivocados, ¿verdad? —se dijo Rovo mientras se acercaba a la puerta, levantaba su rifle y disparaba al escáner.

Los láseres golpearon y frieron la cerradura, convirtiendo el elegante lector en escoria goteante. La puerta no se abrió, así que Rovo siguió disparando, agotando valiosa energía que, sin embargo, sería inútil si Rovo moría. Un pequeño incendio comenzó, y cuando las chispas se unieron a la fuente de llamas, la puerta finalmente cedió y se abrió de golpe. Rovo quitó el dedo del gatillo y se quedó mirando.

No pensé que eso realmente funcionaría.

Detrás de él, el creciente ruido señalaba la aproximación de los guardias, probando que había tomado el camino correcto. Definitivamente estaría muerto si volviera por el otro camino, así que Rovo corrió hacia adelante en su lugar, agachándose a través de la puerta más pequeña y entrando en otro desfile de oficinas. A diferencia del pasillo general anterior, estas carecían de escáneres. Quizás había llegado lo suficientemente lejos en la base como para que las precauciones de seguridad pudieran relajarse. Las primeras oficinas que pasó tenían ventanas, que mostraban un mundo demasiado pintoresco de consolas, tazas de café y vida laboral. Una vida por la que de repente sintió nostalgia. Sin correr por ahí con armadura, sin que le dispararan, sin ser abandonado.

O perseguido.

Rovo se metió por la siguiente puerta a su izquierda, golpeando el panel al entrar para apagar las luces con sensor de movimiento. Mientras Rovo se agachaba, lo mejor que podía con la armadura, bajo la ventana y debajo del alto alcance de un escritorio de pie, alguien en la base finalmente decidió que era hora de activar la alarma. Sonidos estridentes chillaron mientras todas las luces blancas cambiaron a rojo y se atenuaron, dando una ventaja visual a cualquier equipo visual que llevaran los guardias.

Ahora estarían cazando. Cazándolo a él.

EN LO PROFUNDO

DefenseCorp bombardeaba a sus soldados con perfiles psicológicos. A los capitanes de escuadrón aún más. Habían perdido tantas misiones debido a líderes superiores que se quebraban, que Aurora tenía que pasar tiempo con los terapeutas del *Nautilus* después de cada misión.

Sus preguntas se alejaban de los traumas infantiles, de las razones por las que Aurora quería empuñar un rifle y sumergirse en territorio hostil. En cambio, sondeaban su estado mental actual: cómo se sentía cuando su compañero de escuadrón desaparecía en una tormenta de fuego, o cuando algún depredador nativo devoraba al objetivo de Aurora antes de que pudiera rescatarlo. ¿Disfrutaba Aurora demasiado la acción?

Pero lo cierto era que estos terapeutas estaban en DefenseCorp por la misma razón que Aurora: el dinero. Una vez que se dio cuenta de eso, una vez que comprendió que podía recitar un mantra similar en cada sesión que permitiría tanto a ella como al terapeuta cobrar su paga e irse a casa...

La terapia se convirtió en otro ejercicio más. Uno que Aurora podía superar con poco esfuerzo y menos reflexión. Dynas, por muy pantanoso que fuera, por muy lleno de soldados baratos que estuviera, sería solo otra danza de informe en el camino de Aurora hacia la jubilación.

El ascensor bajó más de lo que ella o Gregor esperaban. Mucho más que un típico descenso de un piso, una caída que sugería que el sótano tenía otras operaciones además de un simple espacio de almacenamiento.

—Posiciones —Aurora se movió hacia la esquina trasera izquierda, rifle en alto, Gregor se pegó a la pared justo dentro de la puerta, en el lado opuesto a Aurora.

Cuando el ascensor llegó al fondo, se abrió con el deslizamiento limpio de una puerta bien mantenida, revelando a tres... ¿guardias? vestidos de negro. Aurora dudaba en llamar así al trío, ya que su porte sugería que no habían visto acción en mucho tiempo, si es que alguna vez lo habían hecho. Miraron a Aurora, con las armas fuera, como si hubiera salido del pantano, tal vez, o descendido de sus pesadillas.

Aurora derribó a dos antes de que pensaran en moverse, y Gregor, saliendo y balanceándose, se encargó del tercero, que pensó que retroceder a cubierto lo mantendría a salvo. Nadie esperaba el martillo gigante.

Lo que los enemigos de arriba tampoco esperarían, a menos que su día a día tuviera mucha más rareza de la que Aurora hubiera pensado, serían los tres cuerpos de sus asociados esperando en el suelo del ascensor cuando lo abrieran de nuevo. Aurora y Gregor arrojaron los cuerpos dentro y enviaron el ascensor de vuelta arriba, listos para sorprender y, tal vez, alejar algo de persecución de Rovo y Sai. Y Eponi.

Aurora había perdido miembros de escuadrón antes.

Sever Escuadrón apenas era conocido por su resistencia, ya que las misiones que DefenseCorp les asignaba tendían a ser extrañas y mortales. Últimamente, sin embargo, Sever Escuadrón había tenido una buena racha, con un par de misiones limpias y un miembro del escuadrón que realmente se iba a una misión diferente en lugar de morir frío y solo en algún mundo olvidado. Un agradable cambio de ritmo. Aurora no quería que Eponi muriera aquí, obviamente, pero de los miembros del escuadrón que podían perderse, perder al piloto sería malo. Con suerte, Rovo y Sai estarían a la altura de la tarea.

—¿Qué es este lugar? —Gregor hizo la pregunta mientras se alejaban del ascensor.

Una pregunta justa.

Lo que había parecido una base bastante estándar de un mundo exterior —largos pasillos utilitarios con luces de ahorro de energía, material resistente a la corrosión, etc.— se convertía, aquí abajo, en algo completamente diferente. El metal abundaba, sí, junto con las mismas luces blancas tenues incrustadas en el techo, como si alguien hubiera puesto una fina pantalla sobre las bombillas, pero ahora, corriendo por el techo y a lo largo de las paredes y sujetos allí por pequeñas abrazaderas negras, había tubos y tubos y luego algunos tubos más. La mayoría de estos eran translúcidos, lo que podría parecer un toque innecesario, pero uno que Aurora entendía que era preventivo: si podías ver cómo fluía el líquido, podías seguirlo hasta la fuente, o una fuga.

En este caso, verde, azul y gris se movían a gran velocidad. Incluso sin burbujas de aire, pequeñas ondulaciones evidenciaban que, alrededor de Gregor y Aurora, los líquidos corrían a toda prisa para llegar a algún lado.

Definitivamente no era un elemento estándar para los

puests avanzados. No era un elemento estándar para ningún lugar.

El pasillo, también, abrazaba ambiciones más grandes que sus compañeros de la superficie. Aurora calculó que el espacio más que triplicaba las dimensiones de la versión sobre el suelo, permitiendo un par de puertas enormes a cada lado no muy lejos del ascensor. Detrás de ellas, el pasillo terminaba rápidamente con una pared dura, aunque los tubos se enchufaban en la barrera como una estación de bombeo, desapareciendo a través de lo que sea que hubiera más allá. Tenía sentido que esos mismos tubos se agruparan y succionaran a través de los bordes de las puertas gemelas. La fuente a los destinos.

—Esta misión se vuelve cada vez más extraña —dijo Aurora—. Empiezo a preguntarme qué está pasando realmente aquí.

—No me gusta —respondió Gregor, señalando con su mano libre los tubos—. Esto no es normal.

Sin embargo, lo que resultó igualmente anormal fue la eventual apertura del pasillo frente a ellos. Aurora guió a Gregor hacia el espacio, delatado por la expansión de las luces del techo mientras el pasillo se ensanchaba en un túnel masivo, uno con un riel de levitación magnética completo y un único tranvía flotando sobre sus vías magnéticas. El tranvía en sí parecía poder albergar a una docena si se apretujaban, así que quienquiera que fuese el dueño de este lugar no tenía interés en el movimiento masivo de población. Explicaba las naves: si no podías traer a todos tus guardias aquí para una respuesta rápida a través del riel, ¿por qué no volar? El tranvía también justificaba las torretas y minas, ya que ir bajo tierra esquivaba toda la configuración en primer lugar.

—Ahora tenemos nuestra salida —dijo Aurora—. Vamos

a recoger a los demás y marcharnos. Apuesto a que esto nos acercará más al objetivo.

Gregor estuvo de acuerdo. Aurora intentó enviar una transmisión por el canal del escuadrón, pero no recibió respuesta. Con las paredes metálicas de la base proporcionando protección, la transmisión podría no pasar, lo que significaba que tendrían que volver a la superficie. Luchar de nuevo contra las tripulaciones de las naves. No era algo que Aurora esperara con ansias, pero en los pasillos más estrechos, los trajes blindados de Sever Escuadrón deberían darles una ventaja.

—Las luces se están atenuando —dijo Gregor mientras se alejaban del tranvía—. Alguien está jugando con nosotros.

Aurora cambió la visión de su visor para intentar medir la radiación eléctrica, obtener una idea de dónde podría provenir la demanda de energía, o dónde estaba bloqueada. El cableado detrás de las luces, cuyo resplandor blanco desaparecía en esta frecuencia, se iluminó como rayos chispeantes entrelazados alrededor de las paredes como pequeños huesos vibrantes. Podía ver las líneas de cada luz a la otra, y cómo fluían a ambos lados de las grandes puertas y más allá de ellas, hacia la superficie. Por la forma en que estaban orientadas, Aurora vio que la sobrecarga de energía se concentraba en la habitación de la izquierda. Algo allí controlaba el comportamiento de estas luces.

Sin embargo, antes de que Aurora pudiera hacer cualquier pronunciamiento, mientras cambiaba su visor de vuelta al espectro normal, las luces parpadearon en rojo y sonó una alarma estridente. Debajo de ese ruido se escuchó un chirrido más fuerte cuando algo abrió las dos puertas gigantes.

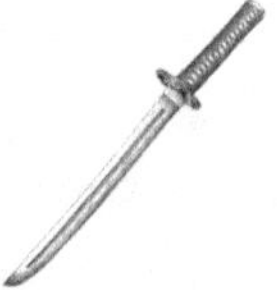

VIGILANCIA EN EL PASILLO

Sai se levantó lentamente del suelo del pasillo, sacudiéndose el polvo que se dispersaba en oleadas y era arrastrado por el sistema de ventilación de la base. Una rápida mirada hacia atrás confirmó que la mina que había lanzado, destinada a asegurar un punto de evacuación o contención contra el asalto enemigo, en su lugar lo había protegido de la embestida de quienquiera que fuesen esas personas.

Con láseres estrellándose a su alrededor y, ocasionalmente, impactando en su armadura trasera, Sai había arrojado la mina contra la pared al doblar una esquina después de salir de la sala de la planta de energía. Rovo parecía haber sobrevivido a la explosión, aunque enviar al novato a luchar solo por la base... bueno, Sever Escuadrón no era para los débiles.

—Rovo, ¿cuál es tu posición? —preguntó Sai, enviándolo por el canal del escuadrón. Si Aurora y Gregor escuchaban la pregunta y se ponían a buscar al novato, también estaría bien.

Sin respuesta. Silencio total. Lo que significaba que

Rovo podría estar muerto, pero definitivamente confirmaba que Sai estaba solo. No era un evento infrecuente para Sever —su bajo número de unidades acababa necesitando muchos esfuerzos en solitario en sus misiones—, pero nunca era una situación deseada. Sin embargo, una vez que te quedabas solo, o avanzabas o morías.

Sai se movió.

Incluso con estos cascos, Sai no podía ver en todas direcciones a la vez. Así que, mientras continuaba por el pasillo, Sai puso su espalda contra una de las paredes y avanzó de lado, vigilando tanto atrás como adelante al mismo tiempo. Era poco probable que las tropas de la base tuvieran algo que pudiera atravesar los escombros de una bomba tan rápido, pero quien toma malas decisiones muere por lo mismo.

La primera vez que Sai realmente estuvo solo fue poco después de aceptar la oferta de DefenseCorp. Hacía mucho tiempo ya, y esa bonificación por alistarse se sentía terriblemente pequeña dados los años que Sai había sacrificado. Pero cuando tenías dos bocas pequeñas que alimentar y la empresa de seguridad para la que habías estado trabajando había vendido sus contratos al gigante del sector, ¿qué opciones tenías? Sai y su familia sabían lo que significaría para él irse fuera del planeta, que tal vez nunca los volvería a ver, o si lo hacía, no sería hasta después de muchos, muchos años. Una decisión difícil hecha inevitable por lo que sucedería si no se iba: la indigencia.

Así que abordó el transbordador de DefenseCorp, con su pulsera llena de fotos y videos de despedida de su familia, y voló a las estrellas por primera vez con un grupo de otros cadetes nerviosos. Sai tampoco sabía qué había sido de esas personas, ya que fueron trasladados a sus respectivos centros de entrenamiento especializado poco después de entrar en órbita. Algunos de ellos podrían seguir viajando por las estrellas hacia su primera asignación, por lo que Sai sabía. Habría cambiado lugares con ellos también: ¿recibir un salario estable sin que un láser te queme la cabeza?

No era un mal trato.

Si el comienzo de la base, a través de la entrada principal que Gregor había hecho pedazos, parecía el centro de carga y logística, esta parte se sentía como el corazón palpitante de la base. Las paredes aquí tenían algunas decoraciones, para empezar, rompiendo el interminable acero plateado con cuadros colgados, mensajes del personal y horarios. Las cosas que tendrías al alcance de la mano pero que, no obstante, contribuían a la comunidad al ser colocadas donde la gente podía garabatear notas entre sí en los márgenes. Un gran tablero clavado parecía estar completamente lleno de puntuaciones a largo plazo de varios juegos. Aparentemente, el personal a tiempo completo de la base se divertía.

Con su espada sostenida al frente, Sai se acercó a la primera puerta que interrumpiría su estrategia de espalda contra la pared. Sin cerradura de escáner en esta, y los brazos de Sai, cansados de cortar puertas, agradecieron a las estrellas. El hombre de demolición echó un último vistazo atrás, pero la persecución aún no había atravesado su muro de escombros, así que Sai se atrevió a darse la vuelta y enfrentarse a la puerta. Escapar del pasillo parecía una buena jugada, pero cuando Sai extendió la mano hacia el botón que haría que la puerta se deslizara a un lado, escuchó voces.

No las voces que constantemente resonaban en su cabeza, diciéndole qué tonto había sido al dejar a su familia por esta carrera, sino voces reales. Y una en particular destacaba. Demasiado amortiguada para escuchar las palabras, pero Eponi hablaba con la dura urgencia de alguien que dice cualquier cosa para mantenerse con vida.

Sai golpeó el botón, debatió si sacar un rifle o entrar con la espada a dos manos, y optó por el modo de asesino loco mientras la puerta se abría. La mayoría de la gente en la galaxia no tenía idea de qué hacer si alguien se les acercaba con una espada, y Sai solo necesitaría un par de pasos para poner su larga hoja al alcance si el tamaño de la habitación se mantenía dentro de lo razonable.

Tan pronto como la puerta le dio espacio, Sai se precipitó dentro, con la hoja sostenida lo suficientemente alta como para arrastrarla por el techo, esparciendo chispas a su alrededor.

Literas llenaban el espacio, apretadas con compartimentos de almacenamiento debajo de las camas con sábanas marrones. Sai entró justo en el centro de la habitación, y mientras se giraba hacia las voces, captó la imagen de una sociedad rígida que, sin embargo, escatimaba en los puntos más finos de la disciplina: las camas no estaban hechas, aunque su composición tenía la constante uniformidad de una sociedad de estilo militar, algunos de los compartimentos estaban solo medio cerrados, y baratijas, ropa y otras cosas cubrían el suelo. Sai estimó que unos veinte dormían en la habitación, aunque en ese momento se centró en dos, porque tenían sus pistolas láser apuntando en su dirección.

Detrás de ellos, acurrucada contra la pared, estaba Eponi, y cuando los dos guardias —con uniformes negros, así que o bien habían tenido tiempo de vestirse o estaban constantemente en alerta— se giraron ante el espectacular espectáculo de Sai entrando en medio de chispas, Eponi aprovechó la oportunidad. Lanzó una patada con su pierna derecha, rompiendo la rodilla izquierda de un guardia, luego saltó hacia adelante y derribó al segundo, envolviéndolo en una llave de cabeza y llevándolo al suelo. Sai alcanzó al primer guardia y sostuvo su espada contra la garganta del enemigo, una técnica que había servido para detener peleas durante miles de años y que seguía funcionando igual de bien hoy en día.

En realidad, Sai llevaba la espada para estos momentos. Una habilidad ancestral que lo hacía sentir tan, pero tan genial.

Eponi terminó de asfixiar a su guardia, dejándolo inconsciente en el suelo, y luego desarmó a los dos antes de mirar de Sai a su aparente rehén.

—¿Vas a encargarte de él o no? —preguntó Eponi.

—¡No me hagan daño! —gimoteó el guardia.

—No tienes permiso para hablar —dijo Sai—. Eponi, ellos no son el objetivo. No tenemos que matarlos a todos.

—No dije matar. —Eponi volteó el agarre de la pistola y golpeó al rehén en la cabeza, enviándolo al mismo reino de la inconsciencia que a su amigo—. Pero tampoco tenemos tiempo para rehenes. —Examinó el equipo de Sai—. ¿Dónde está mi armadura?

—El novato la tiene.

—¿Y dónde está el novato?

18

LO QUE SE ESCONDE EN LA OSCURIDAD

La infancia de Gregor superaba a la mayoría de las que había conocido. Todos los que había conocido desde que llegó a DefenseCorp habían expresado una sombría sorpresa cuando, inevitablemente después de detallar su propia infancia aparentemente angustiosa, Gregor explicaba la suya. Con el tiempo, había refinado la historia para que fuera menos impactante, menos agresiva para las criaturas, si no de lujo, al menos de comodidad que Gregor conocía en las diversas misiones y patrullas a las que se había unido durante lo que se estaba convirtiendo en un largo, largo tiempo trabajando para la principal empresa de seguridad de la galaxia.

¿Padres? Técnicamente. ¿Amigos? Claro. ¿Refugio? En cierto sentido. Eso cubría lo básico, y era todo lo que podías esperar al crecer en el gran cometa conocido como Bola de Nieve. En una misión audaz mucho antes de que Gregor mismo naciera, algunos colonos emprendedores pensaron que el prolífico hielo y los metales raros de Bola de Nieve harían de él un lugar fácil para una civilización autosuficiente que, en virtud del propio impulso del cometa, les permitiría viajar por la galaxia vendiendo los metales de Bola de Nieve sin necesidad de pagar por toda esa molesta energía y combustible requeridos por los viajes ordinarios. Aunque obviamente ridículo para cualquiera con sentido común, los fundadores de Bola de Nieve establecieron una red tentadora que atrapó a suficientes personas para hacer viable el intento, y lo lograron.

Si estabas desesperado, físicamente capaz y lo suficientemente inteligente como para entender instrucciones pero no tan hábil como para cuestionarlas, eras el recluta perfecto para Bola de Nieve. Los padres de Gregor encajaban en esa lista, y así se encontraron arañando una existencia surrealista apoyando máquinas mineras en túneles de gravedad cero, ganando dinero que solo podían gastar en tiendas de la compañía en un ciclo que los mantendría atrapados hasta... bueno, por lo que Gregor sabía, todavía estaban allí, todavía trabajando. Se sentiría triste por ello, excepto que parecían felices con la monótona vida de bajo estrés que habían forjado para sí mismos. En cuanto a Gregor, su fiebre de cabaña provocó una pelea de bar tras otra hasta que la compañía minera del cometa le dio la opción de ser expulsado al espacio sin un traje, o encontrar otro lugar para vivir.

Gregor no eligió Dynas, pero de todos modos había terminado aquí, martillo en mano y decidiendo tomar la puerta derecha mientras Aurora miraba hacia la izquierda, hacia la sobrecarga de energía. Aunque separarse no le había servido bien a Sever hasta ahora, Gregor al menos podía echar un vistazo a la habitación de la derecha y determinar si algún bicho necesitaba ser aplastado antes de volver al lado de Aurora.

—Mantente en contacto —dijo Aurora mientras cruzaba

el pasillo, mientras se dirigían hacia las puertas—. No dejes que las puertas se cierren.

—Hecho —No es que Gregor pudiera evitar que la puerta se cerrara, pero debería ser capaz de persuadir a cualquiera en esa habitación para que la mantuviera abierta—. Buena suerte.

Aurora no respondió. Gregor supuso que no era muy fanática de la suerte sobre la habilidad. Él pensó, ¿por qué no tener ambas?

Cruzar a una habitación oscura en una base llena de enemigos potenciales debería infundirle miedo, pero Gregor sonrió y cambió su visor al modo de visión nocturna, cubriendo la habitación de verde láser mientras entraba. Un espacio grande, con contenedores dispersos que coincidían con los de arriba, como si los hubieran dejado caer aquí y algo más los hubiera esparcido. Los contenedores también estaban abiertos y el primero al que Gregor se acercó estaba vacío. Más atrás, a lo largo del lado izquierdo, captó el brillo brillante de un multimonitor, iluminando los restos astillados de una bonita silla. Algo había luchado aquí, o había sido liberado sin supervisión.

Ahora casi en el centro de la habitación, todavía sin captar sonidos extraños o advertencias, Gregor comenzó a girar lentamente para cubrir todos los ángulos, asegurándose de que nada se escondiera en los rincones oscuros. Tenía el martillo en ambas manos, más que listo para dar un golpe aplastante.

—Hola.

Una voz real, no a través de los transmisores de Gregor. Gregor retrocedió mientras se volvía hacia la consola, creando espacio para balancear el martillo contra lo que pudiera estar allí.

Algo *estaba* allí, aunque a Gregor le costaría ponerle un

nombre a lo que veía. Un hombre, sí, pero uno alto, envuelto no en ropa sino en lo que parecían montones desgarrados de piel musgosa. Al principio, Gregor lo habría llamado una cosa en descomposición, y cuando volvió a cambiar su visor al espectro normal, el hombre tenía la piel de un blanco impactante, una palidez compartida entre los fantasmas y los muertos. Mientras más lo miraba, y la criatura parecía estar bien dejando que Gregor se orientara, los crecimientos musgosos, que parecían extender las piernas y los brazos del hombre a longitudes más largas de lo normal, también parecían felices.

No atacando al huésped tanto como mejorándolo simbióticamente.

Aun así, la criatura parecía un hombre, lo que significaba que tenía un punto débil claro. Gregor movió el martillo hacia un lado, listo para dar un gran golpe y aplastar la cabeza de la cosa. La criatura observó la preparación y no se movió.

—¿Vas a golpearme? —preguntó la criatura.

—Dime qué eres, y tal vez no lo haga.

—¿No lo sabes? —La criatura consideró—. Supongo que no he visto a nadie como tú antes. ¿Eres nuevo?

—Se podría decir eso —Gregor cambió su transpondedor al canal del escuadrón, para que la criatura no pudiera oír—. Aurora, tengo un contacto, y me está hablando. Es extraño.

—Diría que eres bienvenido aquí, pero eso sería mentira —la criatura se movió, miró a su derecha, y Gregor siguió sus ojos, pero no había nada en esa dirección salvo un par de cajas abiertas—. Porque no podemos dejar que sigan dirigiendo nuestras vidas.

Ahora eso era confuso. ¿Dirigir sus vidas? Gregor había estado en muchas misiones tanto con Sever como sin él, y nunca había sido acusado de dirigir la vida de alguien. ¿Arruinarla? Muchas veces. ¿Dirigirla? No.

—No entiendo —Gregor decidió jugar seguro. Aurora no había respondido, lo que significaba que podría no tener respaldo, o que podría necesitar ir a buscarla—. ¿Qué quieres?

—¿Qué quiero? —se rio la criatura, una risa burbujeante que alguna vez pudo haber sido humana, pero ya no lo era —. ¿Sabes que ni una sola alma me ha preguntado eso jamás?

Gregor no sabía nada sobre la criatura, mucho menos quién le había hecho qué preguntas. Lo que sí sabía era que no estaban llegando a ninguna parte. O esta criatura podía hacerle daño a él y a su escuadrón, o no podía, y Gregor debería ir a buscar a Aurora.

—No me importa —dijo Gregor—. Si no vas a hacerme daño, entonces no necesito hacerte daño. Y me iré.

—Oh, no te vayas —respondió la criatura—. Verás, estamos arriesgando nuestras propias vidas, pero nos superan en número los de arriba, vestidos de negro. ¿Estás con ellos?

—Ya he matado a varios.

—Bien. Entonces quizás podamos trabajar juntos.

Una ráfaga de estática atravesó el casco de Gregor y él se estremeció. En algún lugar de ese lío de señales, la voz de Aurora había aparecido brevemente, una palabra o dos, llena de estrés y pánico. Tenía que irse, ahora.

—Quizás más tarde —Gregor empezó a girarse cuando la puerta que daba salida a la habitación se cerró de golpe, las luces se volvieron rojas y los sonidos agudos de una alarma general comenzaron a resonar.

Peor aún, la alarma iluminó las luces, disipando la oscuridad en las esquinas y a lo largo del techo. En esas esquinas, sus cuerpos hipertrofiados colgaban de telarañas musgosas que los ataban a las paredes, había más criaturas, aunque estas parecían estar en peor estado que la que Gregor había estado hablando. Como si su enfermedad hubiera progresado mucho más allá del punto de la cordura, hasta el punto en que eran más hongos que seres vivos.

Lo que los convertía en candidatos viables para ser aplastados con el martillo.

Pero Gregor empezaría con el líder.

Fingió dirigirse hacia la puerta cerrada y los monstruos fúngicos que goteaban, luego Gregor lanzó el martillo en un giro con la mano derecha hacia la criatura parlante. El rostro de la cosa no se movió, ni se inmutó cuando el martillo lo atravesó. Sin resistencia alguna, una falta total de impacto que hizo que Gregor tropezara antes de recuperar el equilibrio plantando con fuerza su pie izquierdo sobre las baldosas.

—Eres un mentiroso —dijo Gregor.

—No, soy Felix —respondió la criatura—. Algún acrónimo, creo, aunque nunca llegué a saber exactamente cuál.

Solo para asegurarse, Gregor extendió la mano e intentó envolver su gran mano acorazada alrededor del rostro de Felix. No había nada allí. Solo aire, y el brillo mientras la proyección holográfica intentaba mantener a Felix estable.

—¿Dónde estás? —dijo Gregor, mirando hacia la computadora. Entre sus muchos monitores, Gregor podía ver las transmisiones de cámaras de toda la base. Sai y Eponi aparecían en un cuadro, intercambiando fuego láser con alguien. No podía ver a Rovo. No podía ver a Felix—. Lucha, cobarde.

—Soy un líder —dijo Felix, su proyección contenta de seguir a Gregor con la mirada—. Luchar no es mi propósito.

Sin embargo, parece ser el tuyo, y ciertamente podríamos usar a un luchador como tú.

—¿Quiénes somos nosotros?

—Creo que ya lo sabes.

Gregor no lo sabía, pero había escuchado a suficientes enemigos declarar cosas así como para entender que algo malo estaba a punto de suceder. Ese algo se hizo muy evidente en las criaturas fúngicas, que habían abandonado sus perchas colgantes para arrastrarse hacia Gregor con movimientos succionadores y deslizantes que dejaban una mancha verdosa-amarillenta en el suelo. Sus brazos medio formados, invadidos por crecimientos de hongos y enredaderas de pequeñas lianas, se extendían y se pegaban al suelo, tirando de ellos hacia adelante. Lentos, pero espeluznantes. Buenos objetivos para el martillo.

El hombre musculoso de Sever Escuadrón caminó a través de la imagen de Felix, acortó la distancia hasta la criatura más cercana y dejó caer el martillo en un golpe masivo con ambas manos. A diferencia de Felix, esta cosa no pudo ignorar el ataque por virtud de ser una proyección. En cambio, la criatura explotó. Gregor apenas sintió resistencia en sus manos mientras completaba el golpe, pero vio los resultados salpicar a su alrededor, en su visor y en todas partes.

DefenseCorp había luchado contra muchas monstruosidades bio-ingenierizadas antes, incluyendo virus parasitarios y gel mutante que seguiría viniendo hasta que lo quemaras con fuego, y Sever Escuadrón tenía el equipo para lidiar con todo eso. Así que Gregor se alejó del desastre que había creado, apretó su puño izquierdo dos veces para activar el mini-lanzallamas que todos los de Sever tenían incorporado en su armadura, y lanzó un chorro de brillante perdición naranja sobre los restos de su primera víctima, carbonizándola hasta la extinción.

—No esperaba esto —dijo Felix—. Eres más capaz de lo que pareces, y pareces bastante capaz.

Gregor no respondió, pero se volvió hacia la segunda criatura, esta alcanzando sus pies. Levantó el martillo cuando algo aterrizó en su cara. Una sustancia viscosa cubrió su visor, mientras el peso de la criatura en su cabeza inclinaba a Gregor hacia adelante, inclinándolo hacia la que estaba en el suelo. Un segundo peso aterrizó en su espalda baja medio segundo después, y Gregor soltó el martillo para intentar alcanzar hacia atrás, quitarse las cosas de encima. La que estaba en el suelo hizo su impacto entonces, agarrando y tirando del pie derecho de Gregor, haciéndolo caer estrepitosamente al suelo.

—Y sin embargo, no tan capaz —continuó Felix.

Esta vez, Gregor no pudo responder. Las criaturas lo habían envuelto, y podía sentir su baba filtrándose en su armadura, sus brazos alrededor de su cuello, mientras el olor pútrido de la podredumbre ahogaba su respiración.

19

UNA SALIDA

Uno no se mete en las carreras porque quiera estar seguro. Eponi conocía los riesgos cuando empezó a pilotar esquifes después de que cerraran los bares y suficientes borrachos o navegantes drogados dejaran sus naves colgando, esperando a ser conectadas y potenciadas. Sin embargo, los antecedentes penales eran inadmisibles en Seleno, ya que cualquiera condenado por prácticamente cualquier cosa era expulsado del planeta para besar el polvo de asteroides en alguna estación minera abandonada, así que Eponi se aseguraba de devolver todo lo que tomaba prestado antes de que los dueños se despejaran lo suficiente como para preocuparse. Durante las horas intermedias, lanzaba las naves a través de cañones de bordes rojos donde, si mirabas con atención, podías ver un poco del verdadero Seleno que quedaba bajo las modificaciones que habían hecho al mundo.

Toda esa experiencia no le dio a Eponi un atajo. Para nada. La gente le decía que tendría que subir una larga escalera antes de conducir un verdadero bólido, y eso había resultado ser deprimente y cierto. Eponi tuvo que hacer primero de mecánica, luego de piloto de pruebas para los grupos menores que competían en circuitos de baja categoría. Con los deslizadores de arena, corrían a través de los vastos desiertos en pruebas contrarreloj a muerte para ver quién podía exprimir su montón de chatarra maltrecho para expulsar unos cuantos iones más que el siguiente. Conducir en línea recta no le dio habilidades útiles de pilotaje, pero sí le enseñó a Eponi a ir muy, muy rápido. Y para una piloto de carreras, ese es un muy buen comienzo.

—¿Así que vas a abrirnos paso fuera de ese edificio con esa espada? —preguntó Eponi a Sai mientras estaban de pie sobre los soldados incapacitados.

—¿Fuera? —respondió Sai—. Rovo, con su armadura, sigue ahí dentro. Aurora y Gregor también.

—Cierto, pero dijiste que volaste la única manera de volver a ellos.

—Que yo viera.

Sai. A veces Eponi quería patear al hombre en las espinillas. Patear a la mayoría de Sever Escuadrón en las espinillas, en realidad. No eran tontos, exactamente, pero se perdían tantas cosas. Eponi había tomado el trabajo de piloto porque dejar que cualquier otro tocara la palanca de vuelo significaría un riesgo que no podía permitirse correr, pero no podía salvarlos a todos todo el tiempo.

—Amigo mío —comenzó Eponi—. ¿Ves otros guardias corriendo hacia aquí, disparándonos?

—¿No? —Sai ladeó la cabeza.

—¿Por qué crees que es así, si te estaban persiguiendo en esta dirección?

—¿Porque los volé a todos?

Eponi le lanzó una mirada fija y muerta. —¿A todos?

¿Crees que absolutamente el cien por ciento de los guardias que te perseguían murieron en una explosión que ni siquiera te causó problemas?

—¿Tal vez?

Un giro de sus ojos y un paso firme hacia la puerta hicieron que Sai se moviera para adelantarla en el pasillo, confirmando que aún estaba, de hecho, vacío.

—Mira, Sai, si tuvieran otra manera de volver aquí, ya estarían de vuelta —concluyó Eponi—. Así que de nuevo, debo preguntarte, ¿adónde vamos? Si Rovo está por allá, entonces o vamos a través de tus escombros o alrededor hasta la puerta que ya usamos.

Sai señaló hacia el otro lado del pasillo. La dirección sería paralela a la sala de la planta de energía y podría llevarlos al borde exterior de la base. —Vamos por ahí. Si tienes razón, y puedes tener razón sin ser un imbécil, entonces nos llevará afuera.

—Podría ser más amable, pero eso no sería divertido.

Eponi, sin embargo, podía dejar que Sai liderara mientras ella cubría sus espaldas con las pistolas que había tomado de los dos guardias. Su vieja pistola, la que había llevado a través de la ventana, había sido aplastada por los soldados cuando la atraparon. Una táctica de intimidación, pero las pequeñas armas habían cubierto la galaxia más rápido que una enfermedad una vez que se desarrollaron, así que a Eponi no le importaba realmente que la suya hubiera sido reducida a pedazos de metal.

Después de escapar de la sala de control de la entrada principal, Eponi había recorrido un largo pasillo con ramificaciones para baños y poco más antes de llegar a los barracones, donde encontró al par esperándola con las armas listas.

Eponi habría luchado excepto, vamos, no tenía armadura, la tenían cubierta, y esas literas apiladas significaban que probablemente había más guardias cerca. Así que arrojó su pistola al suelo, levantó las manos y se demoró hasta que Sai la encontró. A decir verdad, ella habría hecho su propio movimiento pronto de todos modos, ya que se había vuelto evidente que no había nadie más alrededor para reforzar a los dos tontos, cuyas pobres habilidades de interrogación eran amplia evidencia de por qué habían sido asignados aquí en el borde de la cordura.

Sai se detuvo en la pared exterior al final del pasillo, que convenientemente resultó ser una puerta gruesa marcada con señales de emergencia. Una salida rápida en caso de fallo catastrófico.

—Yo diría que calificamos para una salida de emergencia —dijo Eponi mientras Sai alcanzaba la barra física para empujar la puerta y abrirla.

—No lo discuto —dijo Sai mientras empezaba a empujar—. Cuando salgamos, tendremos que dar un rodeo. ¿Tal vez sorprender al resto de los guardias?

—No ganaremos con esas probabilidades.

—No tenemos elección.

Eponi no estaba tan segura de eso, pero Sai empujó la puerta y reveló el pantano verde que Eponi nunca quería volver a ver. Alguien había desactivado las torretas, o se habían rendido cuando Sever Escuadrón desapareció de la vista, así que los cubos púrpura que aún salpicaban las enredaderas y las ramas de los árboles no dispararon de inmediato. Sai lideró el camino, pisando con cuidado, y Eponi, siguiéndolo, agarró una roca del suelo fangoso y la metió entre la pared de la base y la puerta que se cerraba. Por si acaso, podrían volver a entrar, buscar algo de cobertura.

—Mira eso —dijo Sai, señalando a su izquierda. Por lo

que Eponi recordaba de la base, ir a la derecha y rodear la pared los llevaría de vuelta a la entrada principal—. Es un ascensor.

Uno al aire libre también, que subía por el costado de la base hacia la cima, varios pisos por encima de ellos y cubierto de una niebla amarilla. Los ascensores exteriores como este solían reservarse para puestos de avanzada improvisados que no incluían entradas principales, plantas de energía nuclear y contingentes de guardias, ya que exponer a alguien a los elementos mientras subía y bajaba a toda velocidad tendía a, bueno, apestar. Lo que hacía que este, con capacidad para quizás tres personas en su base plana, gris y metálica con sus bordes corroídos por el óxido, fuera una rareza.

—Este lugar se vuelve cada vez más extraño —dijo Eponi—. ¿Podemos irnos a casa ahora?

—Ojalá. —Sai se acercó al ascensor—. Parece que está funcionando. ¿Quieres probarlo? Prefiero arriesgarme a subir que enfrentarme a todas esas armas de nuevo. Tal vez podamos encontrar otra entrada allá arriba.

—Cobarde —respondió Eponi—. Pero hagámoslo.

Una de las características distintivas del Sever Escuadrón era su capacidad para improvisar, aunque eso a menudo llevara a cambios drásticos en el alcance de la misión, daños colaterales y la ocasional captura de animales exóticos que parecían geniales en el momento pero que resultaban peligrosos en los pequeños confines de una lanzadera de evacuación.

No obstante, Aurora había defendido esta cualidad en particular después de revisar los informes posteriores a las misiones y decidir que al escuadrón le iba mejor —menos miembros reducidos a escoria— en trabajos con parámetros más amplios dejados a la interpretación de los miembros del escuadrón.

—Todo vale, ¿verdad? —dijo Sai, envainando su espada y cambiándola por un rifle—. Tú cubre abajo, yo mantendré la vista arriba.

—Entendido, chico bomba.

—¿Sabes que soy mayor que tú, verdad?

—¿Adivina a quién no le importa?

A pesar de la broma, Sai esperó hasta que Eponi hubiera abordado el ascensor antes de presionar la flecha verde brillante de subida en un panel protegido que surgía de la única barandilla a la altura de la cintura del ascensor. Una pequeña sección se abrió para dejarlos entrar y se cerró de nuevo cuando el ascensor se elevó. Eponi esperaba a medias que alguna nave apareciera volando y les lanzara láser caliente mientras estaban atrapados en el ascensor de lento ascenso, pero nada apareció salvo la niebla más espesa del pantano y una sensación de estar perdidos en el tiempo mientras la neblina ocultaba lo de arriba y lo de abajo.

El ascensor llegó a la azotea, una cosa erizada cubierta de respiraderos y tubos negros arqueados que sin duda enviaban todo tipo de productos químicos hacia y desde la base, y Eponi no pudo evitar mirar fijamente el crudo aterrizaje que se estaba produciendo al mismo tiempo. Dominando el centro visible del techo, cuatro largos ganchos metálicos con placas magnéticas cuadradas injertadas en la parte superior se elevaban varios metros hacia el cielo donde, justo ahora, estaban atrapando otra nave.

En esta también había soldados, aunque a diferencia de las primeras oleadas contra las que había luchado el Sever Escuadrón abajo, estos llevaban una armadura más gruesa que los trajes ajustados y portaban lo que parecían armas de asalto: cosas grandes y desagradables con ranuras de brillo verde en sus cañones que mostraban niveles de potencia listos para causar estragos.

—Parece que hoy tenemos muy mala suerte —dijo Sai mientras los dos se escabullían del ascensor y se cubrían detrás de un respiradero en forma de caja que emitía un humo blanco que olía, vagamente, a carne cocinada.

Claro, lo más probable era que estos guardias se tropezaran con ellos dos y convirtieran a Eponi y Sai en tocino del Sever Escuadrón, pero Eponi prefería, ya que su vaso necesitaba un relleno de emergencia, convertir la desgracia en algo positivo.

—Podemos tomar su nave —dijo Eponi—. Mira.

Casi todos los guardias habían desembarcado de la nave, alternándose por rudimentarias escaleras de cuerda colgadas a los lados. Aunque Eponi no llegaría a decir que los guardias se movían con soltura en su armadura, descendían sin demasiados problemas. Varios se dirigieron al ascensor, mientras que otros abrieron una escotilla en el techo con un rápido escaneo de identificación y desaparecieron en el interior. Más cosas para que Aurora, Gregor y —ugh— el novato se encargaran. Eponi y Sai lograron agacharse y rodear el lado del respiradero, de modo que los guardias que se acercaban los pasaron por alto por completo.

—Tienen prisa —observó Sai.

—Yo también. —Eponi esperó hasta que el ascensor desapareció del techo—. Vamos a tomarla.

Quedaban dos guardias, y ambos estaban de pie en lo alto de su nave. Sin embargo, ninguno prestaba especial atención al techo —después de todo, su horda aliada acababa de usar las dos únicas formas de llegar allí— y en su lugar parecían estar mirando pantallas de mano, el brillo azul los delataba mientras Sai y Eponi se acercaban sigilo-samente.

—Impúlsame —dijo Eponi. Nunca admitiría ser la más valiente del Sever Escuadrón pero, sin armadura, definitiva-mente ganaba el concurso de peso—. Tú sígueme.

—¿Segura?

—Te lo estoy diciendo, ¿no?

Sai no insistió después de eso, sino que se arrodilló y extendió las manos. Eponi sostuvo sus pistolas, lista para actuar, cuando Sai la impulsó con un salto desde el techo. El salto en sí casi los llevó al nivel de la nave, así que cuando Eponi se impulsó desde la mano ofrecida, voló por encima de la barandilla y aterrizó sobre ambos pies, disparando. El primer guardia recibió un par de disparos en la parte poste-rior del cuello y se desplomó, mientras que el segundo absorbió un disparo en el pecho antes de cargar contra Eponi con la rabia asesina de alguien que había olvidado el gran rifle que llevaba a la espalda.

Eponi se agachó y avanzó, atrapando al guardia que cargaba y usando su propio impulso para lanzarlo por encima de su espalda, aunque el peso del guardia la empujó contra la cubierta. En lugar de volar por encima de la nave, como Eponi había pretendido, el guardia solo se estrelló contra la barandilla, rebotando mientras Eponi se giraba sobre su rodilla, tratando de apuntar sus pistolas. El guardia finalmente recordó que él también tenía un arma y la giró sobre su hombro mientras Eponi disparaba otro tiro. El proyectil se hundió en el pecho del guardia, dejando una quemadura negra, pero sin detener el movimiento del enemigo.

Esa gran arma suya apuntaba directamente hacia ella. El guardia apretó el gatillo, y la nave se sacudió con fuerza, inclinándose hacia adelante y a la derecha. El disparo del guardia se elevó hacia el cielo mientras él caía hacia atrás por el borde.

Eponi se agarró a la barandilla de la nave e intentó averiguar qué había pasado. Se asomó mientras la nave comenzaba a deslizarse hacia adelante, iniciando su caída en picado hacia el techo.

La pata metálica delantera izquierda había sido cortada, y el cortador estaba de pie sobre el guardia, terminando su sangriento trabajo con su espada. Eponi siempre había pensado que la espada de Sai era más un adorno, una concesión a algún tipo de tradición que tenía poco lugar en una galaxia de naves estelares y láseres, pero no podía discutir los resultados de Sai.

Excepto que su maniobra podría destruir la nave: la cosa no volaría si se estrellaba de frente contra el edificio.

Eponi se empujó hacia la parte trasera de la nave y la pequeña cabina de pilotaje que albergaba los controles de la nave. Con unos ocho metros de largo, las naves no eran exactamente enormes, pero Eponi tuvo que cubrir esa distancia cuesta arriba, tirando de sí misma mientras la nave continuaba su lento deslizamiento. La cabina se elevaba un metro desde la cubierta de la nave, con una pequeña escalera que descendía hasta la cabina protegida, el único lugar en la nave que ofrecía algo parecido a una armadura a sus ocupantes. Eponi llegó a la escalera con un salto, dejando caer una pistola y cambiando el agarre de la otra para usar su empuñadura para agarrarse al borde de la puerta. Tiró, consiguiendo el impulso justo antes de que la empuñadura se deslizara para alcanzar con su mano izquierda, envolver sus dedos alrededor del marco metálico de la puerta y completar la elevación.

Ya no le reprocharía a Aurora por imponer el estricto régimen de ejercicios del escuadrón.

Una vez dentro, Eponi golpeó el único botón que importaba, y los propulsores de la nave rugieron mientras su proa rozaba la superficie del techo. La repentina propulsión envió la nave raspando el metal, destrozando tuberías y otra caja de ventilación, haciendo tanto ruido que, si Eponi y Sai se habían mantenido ocultos antes, definitivamente ya no lo estaban. Pero, con su proa luciendo nuevas cicatrices, la nave se estabilizó a un metro de altura, quemando energía para mantenerse a flote y en funcionamiento.

Podría volar.

Ellos podrían volar.

—¿Sai? —dijo Eponi, dirigiéndose al borde de la nave—. ¿Vienes?

El experto en demoliciones, en efecto, venía, pero se movía más lento con toda esa armadura. Sai se acercó, envainó su espada y dio otro salto propulsado, aterrizando en la cubierta de la nave con el tipo de brío que la propia entrada de Eponi carecía lamentablemente.

A veces uno tenía que sacrificar el estilo para lograr el objetivo.

—Buen trabajo —dijo Sai al ver a Eponi subiendo una de las escaleras de cuerda y fue a retraer la otra—. ¿Sabes pilotar una de estas?

—Claro —respondió Eponi.

Sin embargo, nada de esa experiencia explicaba por qué la nave, mientras Sai recogía la escalera, de repente se elevó del techo, sus propulsores aumentando la potencia y girándolos en una dirección diferente, alejándolos de donde había aterrizado Sever Escuadrón.

—¿Estás haciendo eso tú? —preguntó Sai.

—Definitivamente no soy yo —dijo Eponi, ya moviéndose de vuelta a la cabina del piloto.

Allí, brillando en los monitores, estaba la razón de la

aparente conciencia de la nave: un mensaje en la pantalla pidiendo un código de piloto. A falta de uno, el mensaje declaraba, en letras doradas y negrita sobre un fondo rojo intenso, que la nave regresaría a casa. Cualquier pasajero, decía un segundo mensaje más pequeño, debería esperar un interrogatorio y algo peor.

Eponi suspiró. Simplemente no podían ganar.

20

DIVERSIÓN Y JUEGOS

¿*Q*uién es?

Rovo miró el comando con dureza. Atrapado en la oficina, con esas luces rojas señalando patrullas que prefería evitar, Rovo decidió que podría mantenerse mejor oculto si rompía el cifrado que los guardias habían puesto en sus transmisiones. El comunicador de su casco podría desensamblar los datos, pero Rovo necesitaría darle primero la contraseña correcta, una red digital que atraparía el ruido y dejaría pasar las palabras valiosas. Las pistas para tales cosas probablemente estarían, si Rovo fuera un hombre de apuestas, en las computadoras.

Rovo definitivamente lo era, en detrimento de un posible futuro fuera del Sever Escuadrón, un hombre de apuestas. Y esta oficina tenía muchas computadoras.

Estoy contigo.

La respuesta era un poco arriesgada. Quién sabía cómo hablaban los guardias, si la facción que dirigía el pantanoso embrollo de Dynas usaba una jerga llena de acrónimos como las comunicaciones internas de DefenseCorp o si empleaban una jerga laberíntica que Rovo no podría esperar imitar. A diferencia de su trabajo anterior descifrando transmisiones codificadas y haciéndolas aptas para el consumo público, Rovo no había tenido la oportunidad de leer documentos de Dynas y hacerse una idea de sus patrones de habla.

Eres un mentiroso.

Rovo torció la boca ante eso. No solo no tenía idea de cómo hablaban aquí, Rovo tampoco tenía idea de con quién estaba hablando... ¿escribiendo? La ventana de chat dominó la consola tan pronto como los intentos poco entusiastas de Rovo con media docena de contraseñas a medias fallaron en otorgarle acceso a los secretos más profundos de la base, o a su menú de almuerzo.

Rovo había estado esperando algo como esto: la mayoría de los lugares habían reemplazado un bloqueo genérico por un agente alertado para múltiples inicios de sesión incorrectos, ya que tales eventos indicaban una profunda necesidad de ayuda en esta era donde las contraseñas venían codificadas en el cuerpo de uno, o una situación de emergencia, como la de Rovo. Desafortunadamente, esta persona trató la solicitud de Rovo de tal acceso de emergencia con sospecha en lugar de obediencia ciega.

Un nivel de calidad que no se reflejaba a menudo en la oficina anterior de Rovo, ni en el trabajo ni en el café.

Normalmente no estoy en esta consola, pero estamos bajo ataque.

Lo sabemos. Eso no te da acceso. ¿Cuál es tu identificación?

Otra pregunta difícil, con una sola respuesta.

La perdí. ¡Estamos en pánico aquí!

Consideró, pero no añadió, un segundo signo de exclamación. Rovo necesitaba sonar lo suficientemente urgente como para que la persona al otro lado omitiera el escaneo habitual, pero no tan enloquecido como para parecer que debería estar huyendo en lugar de acceder a una computadora. Una línea cuidadosa que caminar.

El texto permaneció en la pantalla —un gradiente azul grisáceo bastante agradable, como los suavizantes cielos plateados de invierno en Tau de la infancia demasiado breve de Rovo— parpadeando hacia él hasta que, con un golpe seco, la puerta de la oficina se cerró. Escudos antiexplosiones, grandes rectángulos negros, cayeron sobre las dos pequeñas ventanas, sellando a Rovo en un ataúd corporativo.

¿Sabes lo aburrido que es jugar a ser seguridad en este mundo?

¿Por qué me encerraste?

Cada día, recibo la misma serie de solicitudes de personas mucho menos interesantes que tú. Configura esto, reinicia aquello. ¿Adivina qué te trae eso, después de suficiente tiempo?

Rovo se cruzó de brazos, una proposición algo voluminosa en la armadura, y miró fijamente la pantalla. La conversación había dado un giro, pero los guardias aún no habían irrumpido por la puerta, ni ningún láser trampa oculto lo había incinerado hasta convertirlo en cenizas, así que seguir el juego sería un mejor movimiento que volar la salida de la habitación.

¿Ni idea?

En realidad, muchas ideas. ¿Quieres probar que eres uno de nosotros?

Quiero.

Entonces, ¿qué tal un juego?

¿He mencionado que estamos bajo ataque?

¿He mencionado que no me importa?

No lo habías hecho.

No me importa.

Si Rovo no hubiera estado atrapado en una base llena de enemigos con la armadura de su compañero de escuadrón y hubiera estado, en cambio, en algún bar grasiento con una pinta teniendo esta misma conversación, podría estar disfrutándolo. La persona al otro lado de esta conexión parecía tener un buen sentido del humor, podría ser divertida. Desafortunadamente, esa no era la realidad, y Rovo necesitaba ponerse en movimiento o lo dejarían atrás o lo encontrarían y lo asesinarían.

Vamos a ello entonces.

La pantalla reaccionó instantáneamente a la elección de Rovo, como si su oponente hubiera estado sentado allí, esperando la respuesta con un dedo flotando sobre el botón correcto. En lugar de mostrar texto, el fondo azul grisáceo se desvaneció a un blanco plano, sobre el cual apareció una cuadrícula de cuatro cuadrados. Cada cuadrante creció un punto con su propio color, un poco lento, como si alguien estuviera vertiendo pintura en la pantalla, hasta que el tercio central de cada caja se llenó. Rojo, amarillo, verde y azul. A lo largo de los bordes de la cuadrícula, formando una capa como de ladrillos alrededor del borde de la pantalla, había piezas de blanco cortadas con líneas negras en rectángulos.

Alimenta los colores, mantenlos parejos lo mejor que puedas.

El texto apareció en un cuadro gris plano superpuesto a la cuadrícula, que se disolvió en unos segundos. Todo el montaje parecía un juego simple creado por alguien que estaba aprendiendo las operaciones más básicas de programación informática, pero Rovo no parecía tener más opción que jugar. Bueno, sí la tenía, pero abrirse paso a tiros seguía pareciendo una mala idea; de vez en cuando, sobre la constante arenga de la alarma, Rovo podía oír la carrera apresurada de un guardia.

No parecía haber un lugar donde Rovo pudiera escribir algo, así que sin instrucciones, deslizó los dedos por la pantalla. Tocar los colores los hacía vibrar, pero volvían a formar sus pequeños círculos, contentos de quedarse en su lugar. Tocar el blanco dentro de las cuadrículas no parecía hacer nada, pero cuando Rovo tocó uno de los ladrillos, la cosa se pegó a su dedo, moviéndose fuera de lugar y haciendo que todo el exterior se agitara hasta que los huecos negros entre los ladrillos se nivelaron de nuevo. Rovo deslizó su nuevo juguete hacia el color más cercano —el rojo— y como un pequeño agujero negro, tan pronto como Rovo movió el rectángulo cerca, el rojo se lo tragó. Simplemente succionó el ladrillo blanco y lo consumió, y al hacerlo, el rojo creció.

Alimenta los colores. Mantenlos parejos. Rovo podía hacer eso.

Así que lo mantuvo cerca, arrastrando ladrillos a cada color por turnos hasta que casi todos llenaron sus cuadrículas. Los colores temblaban ahora, como seres vivos, y sus tentáculos de tinta se extendían hacia los ladrillos tan pronto como Rovo los tocaba, a veces cruzando las fronteras de la cuadrícula hacia el territorio de los demás. Más complicado ahora, tal vez, pero Rovo siguió adelante. Solo quedaban unos pocos ladrillos. Arrastró uno más hacia el rojo, evadiendo una repentina embestida del amarillo mientras movía el ladrillo por la parte superior de la pantalla. El rojo lo atrapó y creció.

Y siguió creciendo. El rojo presionó contra los bordes de su cuadrícula mientras Rovo iba a por otro ladrillo, planeando arrastrarlo hacia el amarillo. Pero antes de que

Rovo pudiera llegar, el rojo desplazó su masa acuosa y la presionó contra el borde derecho con el amarillo, inundando la línea y derramándose en el otro líquido. El amarillo se encogió, retrocediendo ante la incursión incluso cuando Rovo intentaba arrastrar otro ladrillo. Demasiado tarde. El rojo absorbió al amarillo como una toalla podría absorber un derrame, succionando el color y borrándolo mientras, al mismo tiempo, crecía más y más hasta llenar los dos cuadrantes superiores de la pantalla. Rovo alimentó con ladrillos al azul y al verde, pero el esfuerzo no significó nada mientras el rojo continuaba su conquista, absorbiéndolos y comiéndoselos a todos hasta llenar la pantalla.

Fin del juego.

El fondo gris azulado volvió en un parpadeo. El texto descansaba sobre él. Burlándose de él.

¿Qué fue eso?

Eso fue Dynas. Lo que está pasando aquí. ¿Te gustó?

No lo entiendo. ¿Qué son los colores? ¿La comida?

Conocerás a los colores pronto, creo.

¿Y la comida?

La puerta de la oficina se desbloqueó con un chasquido. Las persianas de la ventana se retrajeron.

La comida eres tú.

21

EN LA OSCURIDAD

Sola en una habitación oscura con la puerta cerrada a sus espaldas. Sin transmisión de Gregor, ni de nadie en Sever Escuadrón. Aurora podría haber estado muerta y la única razón por la que sabía lo contrario era la brillante línea verde en su visor que, con sus ligeros espasmos y ritmo constante, confirmaba su continua presencia entre los vivos.

Si seguiría así por mucho más tiempo...

Aurora golpeó suavemente su casco, activando la linterna y rociando la luz amarilla-blanca por la habitación. Algunas personas preferían usar su visión nocturna, mantener las cosas a oscuras, pero Aurora era la intrusa aquí y cualquier cosa que la estuviera esperando había elegido la noche. Mejor hacer suyo el terreno.

Esparcidas por el suelo en círculos morados y rojos, había manchas cuyo origen Aurora solo podía adivinar. La respuesta obvia sería sangre, pero los círculos limpios hablaban de un derrame controlado, glóbulos manufacturados que Aurora había visto en varias instalaciones que realizaban trabajo experimental. Esas empresas, las que empujaban los límites de la biología, tendían a ubicarse en los principales centros urbanos donde se podía satisfacer su continua necesidad de talento y sujetos de prueba. Dynas no tendría ninguno de los dos, sin embargo, Aurora apostaría todo su salario de Sever a que esta cámara había sido el hogar de más de una hipótesis probada.

Más allá de las manchas, la única característica interesante de la habitación era la gran consola de computadora en la esquina trasera derecha. Múltiples monitores apilados uno sobre otro hablaban de la necesidad de información inmediata, como la necesaria para mantener el control sobre pruebas frágiles. Aquí se estaban llenando los huecos del misterio de Dynas, aunque Aurora seguía encontrando más preguntas esperando al final de cada respuesta. ¿Por qué tener un laboratorio así en un rincón aislado de un planeta pantanoso y remoto? ¿Quiénes eran estos guardias y de dónde venían? ¿Qué causó la viscosidad en la que pisó su pie izquierdo mientras caminaba hacia la computadora?

—Yo no tocaría eso —dijo una voz detrás de ella, tranquila y educada.

Aurora dio un paso lateral mientras se giraba, sacándose de cualquier línea de fuego inmediata. Levantó su rifle, lista para disparar contra la extraña criatura que estaba de pie en el centro de la habitación mirándola con la cabeza inclinada, si es que se le podía llamar así. La cantidad de crecimientos retorcidos y ondulantes en el cuerpo de la cosa la hacía parecer menos humana y más como un tumor canceroso que había cobrado vida. Parecía tener extremidades, pero se mezclaban con el crecimiento para dar una impresión general de algo que Aurora tenía muchas ganas de sacar de su evidente miseria.

Antes de hacer eso, sin embargo, Aurora averiguaría qué

era y de dónde venía. Una llamada de socorro los había traído aquí, y esta cosa podría ser la razón.

—¿Por qué no? —preguntó Aurora, con su rifle firme—. ¿Temes que encuentre algo?

—Mirándome, diría que ya lo has hecho —respondió la cosa—. Mi nombre es Felix. ¿Tú eres?

Felix, cuanto más lo miraba Aurora, parecía vacilar, y su cuerpo era brillante en la habitación oscura, proyectando luz en el suelo a su alrededor en lugar de sombra. Aurora rastreó el parpadeo de Felix hasta las esquinas de la habitación, donde pequeños puntos brillantes completaban el resto del rompecabezas. Una proyección. Así era como Felix había aparecido tan repentinamente, por qué su armadura no le había advertido de una nueva presencia acercándose sigilosamente por detrás.

—Aurora. Y sigo siendo humana. ¿Qué eres tú?

Felix miró alrededor de la habitación y hacia el suelo, aunque su mirada no se posó exactamente en ninguna de las manchas. No era un reflejo perfecto entonces, Felix tenía que adivinar partes de la habitación a su alrededor. Podría no significar mucho ahora, pero saber que esta cosa no podía ver todo con perfecta claridad podría ser útil. El pensamiento llevó a Aurora a escuchar sus comunicaciones, pero nada se filtraba excepto estática silenciosa. Nada de Gregor todavía.

—Exactamente lo que debes pensar que soy —dijo Felix, y se deshizo en un suspiro pesado y burbujeante—. Sé que no soy muy agradable a la vista.

—En realidad, eres mucho para mirar. —Aurora hizo un gesto hacia Felix con el arma—. ¿Qué pasó?

—Supongo que has visto el exterior de esta base.

—Supones bien.

—Entonces sabes que Dynas no es un mundo hospitalario. Como tantos en la galaxia, los humanos no encajan bien. —El cuerpo de Felix se movía por sí solo, sus partes se retorcían mientras hablaba. Repugnante y fascinante en igual medida—. Lo que soy es un intento fallido de arreglar nuestra naturaleza física.

—¿Unirse al pantano para colonizar el pantano? —dijo Aurora—. ¿No podemos dejar estos mundos a las especies que los quieren?

—Para la respuesta a eso, tendrás que preguntarles a los que me crearon.

Aurora, y Sever Escuadrón en general, definitivamente no eran policías. Su descripción de trabajo no incluía atrapar a infractores de la ley a menos que fueran contratados específicamente para hacerlo. Aunque quienquiera que se hubiera involucrado en el juego genético extremo requerido para crear algo como Felix había roto todo tipo de leyes y normas galácticas, para ser francos, no era problema de Aurora.

—Me conformaré con una salida y la seguridad de mi escuadrón —dijo Aurora—. A menos que esté malinterpretando esto, ¿tienes algún control sobre esta base?

Felix hablaba como un líder. Una persona que había caído en el poder sin necesariamente buscarlo, y aunque no se sentía cómoda vistiendo este manto en particular, lo llevaría de todos modos.

—Lo tengo y no lo tengo —dijo Felix—. Soy un rebelde que ha sido ignorado el tiempo suficiente como para encontrar nuevos problemas que resolver, problemas con los que podrías ayudarme.

—Ya estamos en un trabajo, lo siento.

—Tal vez podría hacerte cambiar de opinión. No has escuchado mi oferta.

—Sorpréndeme, entonces.

Cualquiera que fuera su apariencia, y Felix parecía que podía ofrecer casi nada, la galaxia le había mostrado a Aurora una y otra vez que rechazar potenciales de antemano llevaba a oportunidades perdidas. Si Felix tenía algo que pudiera comandar más valor para Sever Escuadrón que perseguir su trabajo, Aurora tenía la libertad de tomarlo.

Los proyectores en las esquinas de la habitación parpadearon y la imagen de Felix desapareció, transformándose en su lugar en cuatro criaturas idénticas, altas y delgadas como alambres en las esquinas de la sala. Cada una parecía una versión más escuálida y débil de Felix, aunque sus rostros mostraban una impresionante diversidad en tono de piel, edad y sexo. Quienquiera que hubiera creado estas cosas no se preocupó por discriminar. Por lo demás, eran aún más feas que Felix, con sus protuberancias ennegrecidas y goteando un limo que se desvanecía y desaparecía mientras las criaturas daban pasos temblorosos hacia Aurora.

Tan asquerosas como se veían, mientras su deforme andar revelaba sus músculos en evidente descomposición, el silencio de su aproximación, la total ausencia de sonido o pitido de advertencia de su visor perturbaba más a Aurora. No tenía nada que temer de las cosas que se acercaban, solo eran proyecciones, pero parecían tan, tan reales.

Aurora disparó el rifle antes de darse cuenta realmente de lo que estaba haciendo. El brillante láser atravesó la proyección más cercana, partiéndola por la mitad y enviando sus restos carbonizados al suelo, donde chisporrotearon bajo la luz de la proyección. Espera. Eso no debería haber pasado, a menos que estos proyectores pudieran manejar...

El limo agarró el hombro derecho de Aurora desde atrás, su peso completamente real. Aurora no se giró, pero lanzó su codo hacia atrás, apartando a la criatura más pequeña de ella. Entonces Aurora se lanzó hacia adelante, precipitándose hacia la criatura restante frente a ella, disparando dos ardientes rayos que derribaron al monstruo. Ya se preocuparía más tarde de cómo Felix había logrado convertir sus proyecciones en cosas vivas y reales. Un giro la puso cara a cara con las dos últimas criaturas, ambas caminando hacia ella con brazos de enredadera extendidos, como los zombis de tantas películas.

Y como esos zombis, también cayeron bajo un fuego rápido.

Mientras los últimos restos de sus cuerpos viscosos se asentaban en el suelo, Felix reapareció en el centro de la habitación, con un triste ceño fruncido en su rostro.

—Esos estaban lejos de ser los mejores de nosotros. Las primeras versiones no salieron tan bien, pero creo que aún así comprendían.

Aurora le disparó a Felix. Sin embargo, el rayo chisporroteó a través del cuerpo de musgo sin afectar nada y se estrelló contra el equipo informático en la esquina lejana, enviando una cascada de chispas, iniciando un pequeño incendio y encendiendo las luces de la habitación. La iluminación convirtió a Felix en una versión pálida y etérea de sí mismo, que miró directamente a Aurora mientras ella confirmaba, con un rápido barrido de sus ojos, que no le esperaban más sorpresas desagradables.

—Te has defendido mejor que tu amigo —dijo Felix—. Como dije, tengo una oferta para ti.

—Y yo ya tengo un trabajo.

Aurora disparó cuatro veces rápidamente, cada rayo golpeando uno de los proyectores y haciendo que la imagen de Felix se desvaneciera. Tal vez no fuera el mejor uso de la carga de su rifle, pero tenía más paquetes de energía consigo.

Felix podría tener a uno de los miembros de Sever, o tal vez no, pero Aurora sabía una cosa con certeza, mientras contemplaba la puerta que la sellaba en la habitación: Felix no los mantendría. No después de intentar matarla.

Ella ya tenía un trabajo: encontrar a Felix y reducirlo a cenizas.

22

LA CIUDAD NEGRA

Los esquifes seguían siendo el transporte más barato en los mundos civilizados. Ofrecían pocas comodidades, ninguna defensa contra los elementos o cosas más peligrosas, y solían averiarse en los momentos más inoportunos, precipitándose sobre las calles de la ciudad y obligando a sus pasajeros a lanzarse por las ventanas cercanas para evitar convertirse en un amasijo sangriento.

Sai había tenido suficiente de esquifes —aquel accidente en Sirus Nueve había sido la última vez que había puesto un pie en uno de estos desastres— pero aquí estaba, deslizándose a través de un miasma amarillo hacia un destino desconocido en otro de ellos.

Sirus Nueve había sido una misión difícil, un planeta semiurbano devastado por levantamientos contra líderes corruptos que sabían lo suficiente como para solicitar una extracción de DefenseCorp cuando las cosas tomaron un giro brusco hacia lo insostenible.

Sai y Sever Escuadrón habían estado en los esquifes dirigiéndose hacia el punto de extracción cuando ocurrió la avería. Durante todo el trayecto, Sai había estado charlando con Gregor sobre quién tenía razón: esos líderes corruptos que vendían el planeta una y otra vez, o la población que había puesto a toda esa gente en el poder en primer lugar. Gregor se puso del lado del pueblo, y Sai no pudo mantener una defensa por mucho tiempo: como padre, era terriblemente difícil argumentar a favor de las víboras que succionaban los recursos del planeta para sus propias maquinaciones interestelares, incluso si Sai había visto la devastación que podían causar levantamientos como el de Sirus Nueve.

Aunque, por otro lado, el escape había funcionado. DefenseCorp los había extraído a todos y enviado a los líderes a sus relucientes naves nuevas, listos para navegar por las nebulosas durante unos siglos antes de encontrar algún nuevo lugar para envenenar.

¿No sería gracioso si esos mismos líderes acabaran aquí, suplicando por una extracción otra vez?

—Oye, ¿estás escuchando? —la llamada de Eponi atravesó la ensoñación de Sai—. Estoy tratando de decirte que nos estamos acercando a algo grande.

—¿Creía que el esquife te había bloqueado?

Sai se volvió hacia la cabina del piloto del esquife. No podía ver a Eponi allí, inclinada sobre los monitores. Tampoco podía ver mucho aquí fuera. Solo niebla. Por todas partes.

—Está volando una ruta falsa, no intentando matarnos —Eponi hizo un ruido brillante que indicaba que había encontrado algo—. Es aún más grande. Enorme. Como una ciudad.

—¿Una ciudad en esto?

Sai había visto lugares peores —Artek, hogar de más lava de la que Sai necesitaba ver jamás, requería que su gente usara trajes térmicos en todo momento para evitar derretirse— pero la idea de asentarse en Dynas y pasar cada día mirando hacia arriba a esta porquería estaría cerca de lo peor. Necesitaría mucho dinero para que valiera la pena. *Mucho* dinero. Como—

El esquife siguió moviéndose, pero la niebla se detuvo. La ciénaga verde-amarillenta se aplanó y se alejó de Sai mientras el esquife fluía a través de una barrera que hizo que la piel de Sai hormigueara. Su armadura mostró una notificación de que Sai había cruzado un umbral electrificado. Una luz blanca y dura brillaba desde un cielo repentinamente despejado, cayendo sobre Sai y obligándole a cambiar a un visor oscurecido para evitar quedar cegado.

La verdadera maravilla yacía debajo, extendiéndose detrás de lo que parecía un gran muro marítimo. La parte superior del muro brillaba con un amarillo neón, revelando a Sai la verdadera naturaleza de la barrera.

Sai no se consideraba un experto en nanobots, pero las micromáquinas se habían extendido tanto por la galaxia a estas alturas que simplemente prestar atención te revelaba las posibilidades. Los pequeños bichos podían fabricarse por billones a bajo costo y programarse con casi cualquier protocolo, como detener cualquier aire contaminado con niebla amarilla para que no atravesara su escudo. Humanos como Sai y cosas como el esquife quedarían fuera del alcance de los nanobots, y las diminutas máquinas se apartarían y los dejarían pasar. La barrera no sería perfecta, pero si consigues que esos nanobots sean lo suficientemente densos, podrías tener un mecanismo de prevención bastante bueno.

Y uno que podría cambiarse para apuntar a casi cualquier amenaza, como un escuadrón enemigo.

—¿Habías oído hablar de este lugar? —dijo Eponi, uniéndose cerca de la parte delantera del esquife.

—Aparentemente debería haberlo hecho —respondió Sai—. Es enorme.

—Ya lo dije antes.

—Pensé que necesitaba repetirse.

La ciudad en sí no tenía el esplendor compartido entre los planetas insignia de la galaxia, aunque parecía tener el tamaño. Pocos edificios grandes se elevaban de un paisaje cubierto de viviendas achaparradas, casi todas ellas con techos cubiertos de cultivos. Esfuerzos de autosuficiencia entonces, que, dada la aparente miseria de Dynas y la falta de tráfico interestelar, serían necesarios para mantener a la gente viva y bien.

El tráfico normal, por otro lado, parecía saludable. Otros esquifes y pequeños transportes revoloteaban por los cielos, y debajo de él, Sai podía ver coches de pasajeros transportando civiles. Una verdadera ciudad.

—¿Qué crees que es? —dijo Eponi mientras el esquife continuaba su viaje hacia el interior—. ¿Qué harías siquiera aquí?

—Ni idea —Una respuesta honesta. Sin el comercio intergaláctico, no parecía haber una idea obvia. A menos que Dynas tuviera un gran contingente nativo, o colonos que no quisieran saber nada del resto de la galaxia—. ¿Tal vez algún tipo de secta anti-establishment?

—¿Con puestos avanzados cubiertos de torretas y un montón de guardias?

—Me estás pidiendo que adivine, pero ¿sabes qué? —Sai señaló hacia la ciudad—. Comprobé las coordenadas. La señal que estamos buscando vino de ahí abajo.

—No voy a saltar, si eso es lo que estás pensando.

Sai se asomó por el borde y dejó que su visor calculara la distancia desde el esquife hasta la superficie. Alrededor de medio kilómetro. Demasiado lejos con armadura, y

Eponi ni siquiera tenía eso. Esto no se convertiría en un asalto aéreo, y dado el número de guardias en aquel puesto avanzado, Sai no disfrutaba la idea de un ataque de dos personas a la ciudad.

—Creo que sería mejor si lleváramos este esquife de vuelta y recogiéramos a los otros —respondió Sai—. Ahora que sabemos adónde vamos...

—Si tienes alguna idea de cómo hacer que este esquife escuche, eres libre de intentarlo.

Sai hizo una mueca, pero Eponi tenía razón. Él no era un hacker, pero quizás podría eludir las computadoras de la nave y convertirla en un ladrillo volador sin cerebro. No era exactamente la maniobra más inteligente, pero si la única otra opción significaba viajar en esta nave hacia donde quisiera llevarlos... Sai tenía que intentarlo.

—Avísame si necesito sacar la cabeza de los cables —dijo Sai mientras regresaba pesadamente hacia la cabina del piloto.

—Oh, gritaré bien fuerte.

Una vez dentro, Sai miró los tres monitores que mostraban los datos vitales de la nave y su ruta prevista. Debajo de las pantallas se encontraba la carcasa metálica que debía albergar lo realmente importante. Los tornillos de fácil acceso demostraban que Dynas al menos había adoptado algunos estándares galácticos: hacer que los sistemas críticos fueran difíciles de alcanzar aumentaba la probabilidad de accidentes, y las configuraciones más nuevas como esta facilitaban mucho el trabajo de Sai. Un rápido trabajo con la multiherramienta hizo saltar la placa de cubierta y reveló un nido de cables en el interior. Varios colores recubrían los cables en sí, dándole a Sai todo un arcoíris con el que trabajar.

Sai tenía que cortar la alimentación del cable desde la

computadora del piloto al sistema central de la nave. Si cortaba ese, con suerte, la nave entraría en modo de pánico. Permitiría que Sai o Eponi tomaran los controles manuales y usaran la palanca de vuelo para dirigir la nave de vuelta hacia Sever y la base más pequeña. Si cortaba el cable equivocado, podría dejarlos sin energía o hacer que la nave se precipitara en picada.

Sin presión.

Cambió la multiherramienta a su microlaser, encendió la luz de su casco y miró de cerca. No había indicadores claros, pero Sai podía hacerse una idea por el grosor del cable y la cantidad de datos que transmitirían. Un candidato probable se perfilaba en el medio, de color púrpura profundo. Levantó la multiherramienta.

—¿Estás lista para correr aquí si esto funciona? —preguntó Sai, teniendo que gritar con la esperanza de que Eponi pudiera oírlo.

—Estoy justo a tu lado. —Eponi se inclinó y puso su mano en el hombro de Sai—. Realmente te pierdes en estas cosas.

—Si no lo hago, estoy muerto —respondió Sai—. Prepárate.

Disparó el láser, cortó el cable, lo que provocó que saltaran chispas, pero no hizo que la nave se precipitara. Sai exhaló lentamente. Esperó. No hubo alarmas, ni pitidos.

—¿Puedes tomar el control? —preguntó Sai.

—No se mueve.

La nave, sin embargo, tenía otras ideas. Antes de que Sai pudiera retroceder de los cables e intentar averiguar qué había cortado realmente, la nave giró bruscamente a la derecha, golpeando el casco de Sai contra el hueco de mantenimiento. Eponi gritó, y Sai sintió un tirón alrededor de su cintura cuando ella agarró su armadura. La nave se estabilizó, volviendo a nivelarse, y Sai salió para tratar de tener una idea de lo que había hecho. Los monitores, sin embargo, estaban en blanco. Totalmente negros, y aun así la nave había cambiado de dirección sin cambiar al control manual.

—¿Qué está pasando? —preguntó Sai, no tanto como una pregunta para Eponi, sino para sí mismo.

—¿Qué cortaste?

—Los monitores —Sai señaló las pantallas negras—. Sin la guía de la computadora, la nave debería darnos el control manual.

—A menos que esté esclavizada.

—¿Qué?

Eponi salió de la cabina del piloto, volvió a la cubierta y Sai la siguió. Todavía estaban sobre la ciudad, pero habían cambiado de dirección, dirigiéndose hacia el borde exterior y una estructura gigante que se alzaba allí, torres negras como lanzas que se elevaban hacia el cielo. Con diferencia el edificio más grande que Sai había visto aquí, y el único con un diseño que hablaba de algo más que fea eficiencia, las torres helaron su ánimo. La llamada de socorro no había venido de allí, pero Sai no tenía duda de que lo que les esperaba sería peor.

—Esclavizada significa que cuando se lastima —dijo Eponi—, la nave vuelve a casa.

23

UNA IDEA BRILLANTE

En cuanto a camas, un suelo de metal y una armadura eran una mierda. Gregor había dormido sobre rocas antes —trabajar en un cometa lo exigía— y podías bloquear la armadura en posición vertical para tener la oportunidad de echar una cabezada mientras esperabas que comenzara una misión, pero ¿acostarse realmente? Su espalda le tocaba a Gregor una dolorosa sinfonía por sus elecciones, incluso cuando su visor le indicaba que solo había estado inconsciente unos minutos.

Las criaturas de Felix se deslizaban sobre él, sombras retorcidas negras y púrpuras en la luz escarlata de la habitación. Gregor fue recobrando sus sentidos uno a uno, sacudiéndose los efectos posteriores del golpe y volviendo a sintonizar con la consciencia. Con decisiones que necesitaban ser tomadas.

La armadura de Gregor desplegaba una advertencia tras otra en el visor, indicando que varios componentes estaban, en diversos grados, en peligro de desprenderse o desintegrarse bajo el continuo asalto de las criaturas viscosas. Un asalto, se dio cuenta Gregor, que consistía en una digestión lenta y recombinación molecular. No era exactamente una frase que viniera fácilmente a la mente, pero eso era lo que le decía el visor.

—Simplifica —susurró Gregor, un acto antinatural para él, pero necesario dadas las circunstancias.

El visor captó el comando y cambió la pantalla para mostrar la armadura de Gregor en una superposición, con áreas naranjas que representaban los puntos que el enjambre de Felix había decidido atacar. Una línea de tiempo apareció debajo de la armadura, y dos flechas indicaban el intento del visor de proyectarse hacia el futuro. El tiempo avanzó y el naranja creció, devorando la armadura de Gregor y convirtiéndola en más naranja hasta que no quedó nada.

Bastante claro.

—¿Martillo? —intentó Gregor, y el casco trazó la conexión entre la armadura y su arma elegida.

En el suelo, no lejos de los pies de Gregor, el martillo envió su propio informe de estado: saludable. Esperando ser recogido. Para destruir.

Gregor podía facilitarlo.

Mientras los monstruos se cernían sobre él, goteando el lodo disolvente sobre la cara de Gregor, el pecho y en todas partes, el ejecutor del Sever Escuadrón flexionó simultáneamente sus brazos y piernas, un movimiento muscular combinado diseñado para desencadenar una respuesta particular: descargas eléctricas estallaron desde pequeños nodos a lo largo de la armadura, extrayendo energía que de otro modo podría usarse para el rifle de Gregor. Suficiente energía para iniciar pequeños incendios, para derretir la piel. Los arcos azul-blancos se encadenaron por el lodo y envolvieron a las criaturas en bolsas de fuego.

Gregor aprovechó la oportunidad y se sentó, con la

mente dando vueltas por el cambio durante un segundo caliente antes de que la adrenalina superara las náuseas y le permitiera ponerse de pie. Felix, los proyectores haciendo que brillara, lo enfrentó. El medio humano, medio hongo parecía divertido por el intento de Gregor de liberarse, y aunque Gregor deseaba poder tomar sus guanteletes y aplastar a Felix entre sus palmas blindadas, la cordura le dictaba que atravesara la imagen y recogiera su martillo.

—Solo terminará de la misma manera que antes —dijo Felix mientras Gregor levantaba el arma—. Somos demasiados. Tantos experimentos fallidos buscando nuevas posibilidades.

—Cierra el pico. —Gregor miró al techo, cambió su visor a infrarrojo mientras las criaturas viscosas se le acercaban.

Al recoger el martillo, Gregor notó que las criaturas estaban por toda la habitación. Ya fuera que Felix hubiera abierto la puerta y dejado entrar más de esas cosas, o si tenían otros medios de acceder al espacio, su número había crecido tanto que la habitación parecía una masa negra y retorcida. Asqueroso, y algo que Gregor habría disfrutado aplastando, excepto que ya había visto lo que significaría luchar contra estas cosas: caerían desde arriba, atacarían desde abajo y lo salpicarían con despojos en cada parte hasta que Gregor no pudiera moverse, no pudiera respirar. Dar gloriosos golpes con el martillo no valía ese riesgo.

Así que mientras los monstruos extendían sus zarcillos fúngicos hacia sus piernas, mientras acariciaban su espalda y goteaban sobre su cabeza, Gregor miró al techo y vio, detrás de los interiores púrpura-naranja claro de las criaturas, la gruesa barra rojo-blanca que mostraba el escape de calor de la base. Probablemente una de varias, necesarias para mantener la base a una temperatura óptima a pesar de todo el equipo que ardía allí abajo, creando estas cosas, manteniendo la energía funcionando para los guardias de arriba. El asteroide en el que Gregor había crecido tenía muchas de estas, solo para evitar que las cosas dentro de la roca se calentaran demasiado.

—¿Qué estás mirando? —preguntó Felix.

Gregor no dijo nada, solo echó su brazo hacia atrás y lanzó el martillo directamente hacia el techo. El lodo negro se envolvió alrededor de su cuello, sus rodillas, sus brazos mientras completaban el balanceo. Los monstruos silenciosos acercándose. Por el momento.

El martillo atravesó el lodo y golpeó el techo, liberando su carga de energía comprimida en una explosión que se extendió a lo largo de las baldosas, partiéndolas y haciendo llover lodo entre las criaturas. Lodo seguido por una ola de calor, liberada y convirtiéndose en un fuego brillante al tocar los cuerpos fúngicos suaves y muy inflamables de las criaturas. Lo que había sido una habitación oscura manchada de rojo se convirtió en un infierno.

Gregor se arrodilló en medio de ello, dejando que su armadura cerrara sus escudos térmicos para mantenerlo protegido, una piedra dentro de la tormenta de fuego.

El primer destino de DefenseCorp había colocado a Gregor en una roca abrasada por el sol, acertadamente apodada Asado, en un sistema lejano donde se le había encomendado vigilar una ciudad minera cuya población, bajo el pesado yugo de su gobernante y proveedor, existía para sondear las profundidades del planeta y extraer joyas raras creadas por la combinación del calor superficial y la presión subterránea.

Gregor pensaba que la superficie de Asado se parecía más al vidrio que a la arena, y todos llevaban trajes dispersores de calor para sobrevivir. Parte de mantener habitable la ciudad, cubierta con paneles solares negros para proporcionar energía y, a través de pantallas, simular el paso de un día más normal, implicaba enviar todo ese calor a través de enormes conductos. Las aberturas giraban por la cúpula, pequeñas ranuras apareciendo en el cielo simulado perfecto.

Enormes ventiladores servían para empujar el aire frío hacia abajo y el aire caliente hacia arriba, hacia esas rejillas, y Gregor observaba las aspas del techo girar desde su puesto en el centro de la ciudad, sus ondulantes corrientes mostrando el ascenso constante del calor. También servían como faro para cualquiera que quisiera enviar un mensaje a la ciudad o abandonarla en una desesperación ardiente. Saltar a una de esas corrientes y, con o sin traje, te derretirías en cuestión de segundos. El contrato de Gregor decía proteger la ciudad. No decía evitar que su gente se hiciera daño a sí misma.

Así que observaban, durante esas noches simuladas, el ocasional estallido naranja que mostraba a un minero más cediendo.

Gregor había aprovechado la primera oportunidad para dejar atrás ese contrato, pero nunca olvidaría esos destellos. Por lo que valiera, Gregor podía agradecerles ahora por la idea que le había salvado la vida.

—Otra sorpresa —dijo Felix mientras las llamas se extinguían, la base compensando la rejilla rota y redirigiendo sus energías a otra parte—. Sigo subestimándote a ti y a tu amiga.

—¿Mi amiga? —dijo Gregor, el filtro de su casco dejando entrar el aire y su olor a quemado.

Las criaturas viscosas ahora solo existían como charcos cenicientos por toda la habitación. Trozos negros colgaban del techo, chamuscados en su lugar. Otros, con sus brazos fungosos parecidos a velas, se doblaban sobre sí mismos mientras sus interiores se asaban. Una visión desagradable que se volvía aún peor.

Pero Gregor vivía.

—Sí. Ella reaccionó de manera muy similar a ti cuando la confronté —Felix giró lentamente alrededor de la habitación, observando todo el espectáculo—. No quería ayudarme, pero afortunadamente lo hizo. Al igual que tú.

—¿Ayudado? —Gregor recogió su martillo, manteniendo sus ojos en movimiento.

¿Qué otros trucos tenía esta cosa?

—Oh, sí. Despejó mi camino, por así decirlo —Felix hizo un gesto hacia la gran puerta, y con su movimiento, la cosa manchada de hollín se elevó y abrió con un traqueteo—. Creo que has terminado aquí. Por favor, toma el tranvía y vete.

—No recibo órdenes tuyas.

—Entonces considéralo una sugerencia —Felix se encogió de hombros—. Vete y vive, quédate y muere. Me da igual.

DECISIÓN DIVIDIDA

Perder el control de su vehículo era una de las cosas que más aterrorizaban a Eponi. La experiencia de pilotaje ideal, con sus manos en los controles, hacía que Eponi sintiera como si el vehículo existiera con ella, como otra extremidad o, realmente, como otra parte de su mente. Pensar en algo y que el vehículo lo hiciera casi al mismo instante. Su breve carrera como piloto de carreras se había construido sobre ese hecho, había prosperado por la forma en que podía recortar las sinuosas crestas de los mundos helados y rocosos por igual, cómo podía zambullirse o dar vueltas a través de los restos de sus oponentes cuando estos no lograban hacer lo mismo.

Y entonces ella había ido y hecho esa estupidez.

No. No iba a caer de nuevo en ese agujero de recuerdos, aunque los paralelismos eran ineludibles mientras Eponi intentaba tirar de la palanca de vuelo de la lancha, tratando de girarla hacia cualquier lugar excepto donde apuntaba ahora: esa torre oscura. Eponi no sabía muy bien cómo llamarla, pero sabía que un circuito esclavizado los llevaría a un lugar con muchos más guardias. Muchas más personas interesadas en saber por qué una lancha que había partido con una tripulación regresaba con dos enemigos en su lugar.

—¿Alguna idea? —preguntó Sai, mirándola fijamente—. ¿Sigues sin tener control?

—Estoy intentando que esto funcione porque me hace sentir mejor —respondió Eponi—. La lancha nunca me lo va a devolver. No a menos que nos adentremos en el corazón de esta cosa y arranquemos el circuito mismo.

—¿Eso es posible?

—Claro, destrocemos la cosa en la que estamos volando, *mientras volamos*.

—Cierto —dijo Sai—. Buen punto.

El experto en demoliciones decidió que sus opiniones aportaban poco valor al estado mental de Eponi y se marchó, dirigiéndose a la cubierta. Tal vez quería preparar algún plan de asalto. Entrar con su espada y acabar con todos. Eso sería un movimiento divertido. DefenseCorp no prohibía exactamente que Sever Escuadrón acumulara daños colaterales en sus misiones, pero mantenía un estado de pérdidas y ganancias bastante claro para cada informe, y que Sai derribara una torre llena de inocentes probablemente inclinaría esta columna particular hacia el rojo.

Como los costos adicionales se deducían del pago de Sever Escuadrón, eso parecía una mala decisión, a menos que Sever pudiera probar que la torre, la ciudad y todos los que vivían aquí formaban parte de alguna conspiración nefasta para matarlos. Lo cual, si fuera cierto, Eponi bien podría rendirse ahora porque Sever solo tenía cinco miembros y ni de lejos suficiente artillería para enfrentarse a un planeta.

El pensamiento le dio una idea: si luchar a toda costa, o cualquier tipo de lucha, sería una mala decisión para los dos miembros de Sever en la lancha, entonces la alternativa significaba sigilo. Dado el acercamiento a la torre y la disminución de la altitud de la lancha —parecía, observó Eponi asomándose a la entrada de la cabina del piloto— que se dirigían hacia alguna bahía de atraque de nivel medio. Sai probablemente podría saltar con su armadura. Aunque el misil en que se convertiría Sai sería visible para cualquiera que se molestara en mirar, podría desviar algunas miradas de Eponi, permitiéndole... ¿hacer qué, exactamente? ¿Afirmar que había sido forzada a subir a la lancha por el enemigo?

Incluso si ese plan no convertía a Sai directamente en un puré de carne al impactar, Eponi no quería confiar en sus habilidades de engaño para infiltrarse en cualquier grupo misterioso que controlara este lugar. Sabía demasiado poco para hacerse pasar por algo bajo un interrogatorio superficial. La única manera de escabullirse de esto sería con una distracción considerable, algo que pudiera sacarla de las garras de quienquiera que fueran a encontrarse con un mínimo de captura y un máximo de caos.

—Lancha, sé que nuestro tiempo fue breve, pero creo que voy a tener que volarte en pedazos —dijo Eponi a los monitores muertos. No hubo respuesta—. ¡Sai! ¡Vuelve aquí!

Con pesados pisotones apenas cubiertos por el suave zumbido de los motores de la lancha, ya no encargados de mantener la nave en lo alto del cielo, Sai regresó, luciendo tan confundido como siempre en su armadura.

—¿Se te ocurrió alguna idea?

—Sí —dijo Eponi, señalando los monitores—. ¿Qué tipo de arsenal llevas encima?

—Me quedan tres minas. Un par de explosivos más grandes. —Sai miró los monitores—. Pensé que estabas en contra de destruir la nave en la que volamos.

—Escúchame —dijo Eponi—. Pon uno de tus explosivos grandes hacia el frente. El mismísimo frente. Lo detonamos cuando la lancha entre, nos cubrimos en la cabina del piloto. Explota, todos entran en pánico, y entonces escapamos.

—Tú no tienes armadura.

Eponi se miró a sí misma, luego volvió a mirar a Sai. —¿Cuándo fue la última vez que me miraste?

—¿Ahora?

—¿Qué ves?

—Eh, ¿una persona?

—Una persona pequeña. Me envuelves como una bola, y lo tenemos resuelto. —Eponi se había metido en cabinas más pequeñas, sin duda—. La lancha explota, nosotros salimos.

Sai juntó sus manos armadas sobre la parte superior de su cabeza, como una bailarina mecanizada. Un movimiento que Sai hacía de vez en cuando cuando consideraba seriamente una idea. Al menos la sugerencia de Eponi merecía eso.

—Vas a morir —concluyó Sai.

—Eso depende de ti. Pero se nos acaba el tiempo, y si no colocas esa bomba, seguro que ambos vamos a morir. ¿Tal vez no te pases con los explosivos?

Sai se volvió hacia la cubierta de la lancha, miró por la cabina del piloto por un momento, y luego salió con paso pesado. —No será mi culpa si esto no sale como quieres.

—Si no sale bien —le gritó Eponi—, no estaré viva para que me importe.

Odiaba que le dispararan. Odiaba estar en primera línea. Sin embargo, aquí, preparándose para autodestruir su lancha mientras las luces verdes de bienvenida de la torre comenzaban a iluminarlos, Eponi se sentía eufórica. Como si estuviera de vuelta en una de sus carreras, con cada segundo en el filo entre la vida y la muerte instantánea y explosiva. Que le dispararan era aterrador, pero ¿tener éxito en una maniobra atrevida como esta? Bueno, eso no era diferente a esquivar a Wezzak Cav para ganar el primer lugar en el Clásico de Erun.

Para maniobrar, sin embargo, Eponi necesitaba ver, así que abandonó la cabina del piloto cuando la lancha comenzó a entrar en la vasta bahía de atraque. De cerca, la torre se reveló menos como el producto de siniestras fantasías medievales y más como una tecno-construcción similar a la mayoría de los edificios que dominaba; el color oscuro provenía de paneles solares que absorbían la energía de la luz estelar blanca que caía desde arriba. Inútiles sin los nanobots que despejaban la niebla, pero con ellos, Eponi sintió que todo el lugar probablemente funcionaba bastante bien. No es que supiera mucho sobre energía solar, pero a juzgar por cuántas luces surgían de pequeños nichos para enfocarse en ellos, incluyendo más de unas cuantas torretas de seguimiento, la torre tenía energía de sobra.

Ventanas de cristal recto rayaban la torre, intercalándose entre los paneles solares, y Eponi podía ver figuras moviéndose al otro lado. No era bueno que ella y Sai, que se había agachado en la proa de la lancha para colocar la bomba, tuvieran tan poca cobertura. Se deslizó hacia atrás, se apoyó contra la pared interior de la cabina del piloto y miró hacia afuera. Una ligera protección contra ojos curiosos, pero mejor que nada. La torre parecía poblada, aunque Eponi no tenía idea de qué hora era en relación con el horario de día y noche de Dynas, cuáles eran las horas de trabajo en el planeta, o incluso si las personas que veía eran trabajadores o algo más. O menos. Todo material de expediente que DefenseCorp habría proporcionado si, bueno, hubieran sabido que este lugar existía.

—¿Ya casi estás listo? —gritó Eponi—. ¡Porque casi se nos acaba el tiempo!

—Estará listo —respondió Sai a gritos—. ¡Prepárate!

La bahía de atraque los engulló como una boca verde neón, las luces que bordeaban los bordes de la bahía servían como guías para los pilotos que realmente podían controlar sus lanchas. Eponi las vio deslizarse sobre sus cabezas —su lancha ahora viajaba a un ritmo pausado de caminata para el aterrizaje— y vio el techo de la bahía, cubierto de tubos, ganchos y ruedas robóticas, grúas y todo tipo de herramientas de mantenimiento que Eponi habría esperado encontrar en la bahía que una lancha averiada elegiría. Si acaso, esto jugaría a su favor; tal vez quienquiera que dirigiera este lugar no enviaría sus defensas para recibir una nave averiada.

Sai se abalanzó sobre ella, empujando su volumen hacia atrás y presionándolos contra la cabina del piloto.

—Tienen un escuadrón allá abajo, por lo menos —dijo Sai—. Estoy bastante seguro de que también me vieron.

—¿Revelando nuestra presencia antes siquiera de empezar?

—Aún no he revelado nada. —Sai se sentó en el suelo, sus piernas doblándose en las rodillas como si solo estuviera tomando un descanso rápido. Con la armadura, se veía ridículo—. Apriétate aquí y haré lo que pueda. Solo tenemos unos segundos.

La lancha disminuyó aún más la velocidad, y Eponi sintió que los propulsores de aterrizaje de la lancha se hacían cargo mientras se deslizaba contra el pecho de Sai. Recogió sus piernas, acunó su pistola firmemente en sus brazos y hundió su barbilla contra su pecho. Sai la rodeó con sus brazos, recogió sus piernas alrededor de las de ella lo mejor que pudo y apoyó su cabeza sobre la de ella. No era una cobertura perfecta, pero casi. Lo mejor que podían esperar.

—No me dejes morir aquí —dijo Eponi, suavemente.

—No planeo hacerlo.

—Nadie lo planea nunca.

No hubo advertencia. Ni un momento para prepararse. En un segundo la lancha existía, entera y ligeramente dañada, realizando un aterrizaje frente a un escuadrón de inspección sospechoso pero no excesivamente emocionado. Al siguiente, explosiones concusivas separaron el tercio frontal de la lancha del resto, dividiendo la proa en mil lanzas metálicas que se esparcieron por la bahía, perforando paredes, personas y cualquier otra cosa con una letalidad propulsiva. Eponi no pudo ver nada de esto, tampoco pudo oírlo ya que la explosión dejó su audición en un eco resonante. Eponi sí sintió cómo la popa de la lancha giraba, sus propulsores intentando compensar la repentina pérdida de masa y el daño cataclísmico al cuerpo de la nave. En lugar de ser lanzada de vuelta fuera de la bahía de atraque —un temor momentáneo—, la lancha dio vueltas antes de asentarse en un choque deslizante contra una de las largas paredes laterales de la bahía, atravesando equipos y la pared misma.

En algún momento durante ese estruendoso choque, toda la cabina del piloto se desprendió y se alejó en una lluvia de chispas, el sonido del metal desgarrándose atravesando la audición aturdida de Eponi. Sai se mantuvo cerrado alrededor de ella, evitando que la metralla cayente la cortara, la matara. Eponi perdonó a Sai, en ese instante, por cada error que hubiera cometido jamás. Por su obsesión con esa espada. Por todo y cualquier cosa.

Solo quería vivir.

EQUILIBRIO ENTRE TRABAJO Y VIDA

Provenía de una familia de burócratas. La frase perduró —el padre de Rovo la empleaba con liberalidad y orgullo— a pesar de que el papel apenas tenía utilidad en el mundo moderno. El himno familiar se basaba en horarios confiables y sin estrés. Ingresos predecibles y un equilibrio entre trabajo y vida tan estable que una existencia satisfecha parecía garantizada. Rovo, siguiendo esta plantilla prescrita por sus ancestros, tendría una familia, tiempo para pasatiempos y una vida tranquila y virtuosa dedicada a trasladar datos de un rincón de la galaxia a otro.

—Quizás te parezca aburrido —le había dicho su padre después de aplastar al Rovo de diecisiete años en otra partida de ajedrez 4D—. Pero hay que reconocer el valor de la estabilidad. Estoy aquí, ¿no? ¿Cuántas otras familias pueden decir lo mismo?

Rovo no podía. Ya no. Había rechazado el yugo de la familiaridad por la emoción. Sus padres se habían opuesto, pero a DefenseCorp no le importaba. Querían cuerpos en la primera línea, cobrando tarifas más altas en planetas peligrosos. Las traducciones y otros trabajos de escritorio podían ser manejados, si no por máquinas, por otros reclutas más frescos de abundantes especies sensibles sin deseo de empuñar rifles. Rovo había dado el salto y no había vuelto a ver a su familia desde entonces. Quizás nunca los volvería a ver si no lograba salir de esta oficina, de este planeta.

Los monitores aún mostraban las palabras, llamaban a Rovo "comida", aunque para qué, Rovo no lo sabía. Presumiblemente para el color que había devorado al resto en ese extraño juego, pero no aparecían manchas rojas. En su lugar, Rovo observaba la puerta y consideraba sus opciones. ¿Salir corriendo y arriesgarse a que otros miembros de Sever hubieran alejado a los guardias? ¿Quedarse aquí escondido y esperar que la crisis se resolviera de alguna manera? ¿Intentar de nuevo con las computadoras —tal vez las palabras provenían de un programa y, conociendo las reglas del juego, Rovo podría ganar esta vez?

No. Se había unido a Sever para ser parte de la acción, no para huir de ella.

Aún con su voluminosa armadura quemada por láser, Rovo se puso de pie y se dirigió hacia la puerta de la oficina. Fuera de las pequeñas ventanas, luces escarlata ardían en los pasillos. Las alarmas continuaban sonando, confirmando la persistencia de la emergencia o la posibilidad de que no quedara nadie para apagar ese ruido horrible. En fin, como inconvenientes, Rovo podía lidiar con un poco de ruido.

Tocó el interruptor con el dedo y la puerta obedeció, deslizándose y dándole acceso al exterior. Con su rifle de asalto en las manos, Rovo echó un vistazo a la derecha, de vuelta hacia la planta de energía, y se encontró frente al extremo peligroso de otra arma. Un guardia estaba allí, mirándolo.

—Central nos dijo que teníamos un problema por aquí

—dijo el guardia, su voz joven, traje negro fresco y limpio—. Parece que tenían razón.

—Vas a retroceder a esa oficina muy lentamente —habló otra voz, detrás de Rovo. Esta era una mujer, mayor. Enemigos con igualdad de oportunidades—. Deja ese rifle justo aquí, o te quemaremos. A esta distancia, no creo que esa armadura tuya funcione muy bien.

Rovo no estaba tan seguro de eso. DefenseCorp tendía a equipar a sus unidades principales con el mejor equipo posible —entrenar soldados hábiles costaba más dinero que comprar equipo especializado— y una parte de él quería ignorar las órdenes, abatir a los guardias y arriesgarse. Pero bueno, discreción y valor y todo eso. Mejor meter a ambos guardias en esa pequeña oficina que dejar a uno listo para quemarlo por la espalda.

—Estoy regresando —dijo Rovo, dejando el rifle a sus pies cubiertos de metal y retrocediendo dentro de la oficina —. ¿Cómo se acercaron ustedes dos sin que los viera? No los vi a través de las ventanas.

Los dos guardias, implacables en sus trajes negros completos, no dijeron nada mientras seguían a Rovo dentro de la oficina, cerrando la puerta tras ellos. Ninguno recogió el rifle de Rovo; una lástima, ya que el arma estaba vinculada a la firma del traje de Rovo. Cualquier otro que intentara usarla encontraría la cosa no más que un caro garrote. En cambio, mantuvieron sus pistolas más pequeñas de una mano apuntando directamente a la cara de Rovo.

—Estabas con la cabeza gacha mirando las pantallas —dijo el primer guardia—. Tienes equipo que dice que estás bien financiado. ¿Por quién?

—No es tu problema. —Rovo sacó la bravuconería de las películas que había visto. Se aferró a ella y esperó una oportunidad—. Quiero saber...

—Tú no haces las preguntas. —El mismo guardia acercó su escupidor más cerca de la cara de Rovo, como si el cañón negro fuera a hacerlo hablar. Lo cual, podría ser. Los láseres eran cosas aterradoras—. ¿Quién te envió y cuántos de ustedes hay?

—Solo uno de mí, cariño —respondió Rovo.

—Está a punto de ser cero —dijo la segunda guardia.

Una explosión retumbante puntuó sus palabras, la base temblando y haciendo que ambos guardias perdieran la puntería. Rovo, con sus pies más pesados manteniendo el equilibrio, se lanzó hacia adelante, extendiendo sus brazos en una amplia tacleada. Rovo golpeó a ambos guardias y los llevó al suelo mientras el retumbar se desvanecía, nuevos sonidos se sumaban a las alarmas. Cuando golpearon el suelo, Rovo no tenía estrategia. Ni técnica. Simplemente golpeó con sus codos, con sus puños y rodillas contra los guardias que luchaban. Ambos parecían estar jadeando por aire después de la tacleada inicial, y eso hizo que sus esfuerzos por escapar fueran débiles, sin convicción. Rovo no podía decir cuán efectivos eran sus golpes a través de los trajes, pero eventualmente los guardias dejaron de moverse. Rovo lanzó otro par de puñetazos para confirmar que los dos estaban fuera de combate, luego les quitó sus pistolas y las rompió.

Las películas decían que llegaría un momento, y había llegado. Rovo se rio, con esa risa nerviosa que surge tras una victoria inesperada. Sus antiguos compañeros de trabajo habían tratado la decisión de Rovo de pasarse a la rama activa de DefenseCorp con el escepticismo reservado para los verdaderamente locos. Sus padres habían sido iguales, diciéndole que no estaba hecho para este tipo de cosas, que ninguno de ellos lo estaba. La emoción debía reservarse para los copiosos reinos virtuales, no para vivirla en la vida real. Ahora él se erguía victorioso. Un Sever.

—Que la estabilidad se vaya al carajo —murmuró Rovo.

En el pasillo, Rovo recogió su rifle abandonado y se enfrentó a sus opciones. Los monitores de la oficina habían cambiado sus pantallas con la explosión a una lectura de las diversas calamidades de la base, comenzando con la intrusión de Sever hasta el evento más reciente, la ruptura de un conducto principal de escape de calor. La computadora no decía qué había causado el daño, pero Rovo sentía que podía atribuirlo a algo que sus compañeros de equipo habían hecho.

Desastres ambulantes, todos ellos. De la mejor clase.

Dos opciones. De vuelta hacia la planta de energía, donde Sai había volado su barricada, o más adentro de la base. Más puertas de oficinas saludaban esa opción, con una curva pronunciada en el pasillo que cortaba más conjeturas. Sin señalización tampoco. Aun así, los guardias probablemente habían llegado con el escuadrón que entró por la puerta frontal rota, que conducía a la planta de energía. Lo que significaba que Rovo debería ir en la otra dirección.

Como Aurora solía decir en sus reuniones: busca el objetivo, no una pelea.

Alrededor de la curva del pasillo, el camino se ramificaba en más derivaciones en ángulo recto. Aparecieron señales de advertencia. Puertas sin ventanas con sensores de escaneo de tarjetas. Spray blanco brillante etiquetaba las habitaciones con combinaciones sin sentido de letras y números. Código, como las transmisiones que Rovo había buscado, sin poder descifrar. Ahora tenía un trío de pasillos para elegir, cada uno iluminado en rojo intenso y conduciendo a algún lugar.

Excepto que algo se movió en el pasillo central. Allá

abajo, en el borde mismo de la luz. De forma aproximadamente humana, pero el contorno no coincidía con la armadura que llevaban los otros guardias. Más bajo y voluminoso también. La forma parecía mirarlo fijamente, y Rovo levantó su rifle.

—¡Quédate quieto! —gritó Rovo por encima de las alarmas—. ¡O dispararé!

La forma no respondió. Rovo cambió su visor a infrarrojo y vio verde, naranja. La cosa estaba viva, entonces. No era un robot.

Un azul-negro frío se acumulaba alrededor de la mancha; no había otras cosas vivas escondidas alrededor de la esquina tampoco. La cosa estaba sola. Rovo podría dejarla, romper por uno de los otros pasillos y ver qué encontraba, pero no le hacía gracia darle la espalda a lo que fuera esto. Y le gustaba obtener información. Esta cosa podría saber adónde había ido el resto de Sever, o al menos el propósito de este lugar.

Rovo avanzó lentamente. Caminando con su rifle de asalto listo, la visión de vuelta a la normalidad para poder ver el cuerpo de la cosa directamente frente a él. Pudo ver cuando lo que Rovo pensaba que era ropa resultaron ser extraños bultos en su lugar, pudo ver un par de brillantes ojos azules sombreados no por cabello sino, en cambio, por algo completamente más sólido. Grueso. ¿Qué era esta cosa? Rovo hizo que el traje diseccionara el aire, salpicando un análisis sobre el visor mientras avanzaba. Sin anormalidades: la base reciclaba su aire, y aparte de las partículas usuales de personas vivas, nada parecía fuera de lo normal. Rovo trató de pensar en otras trampas potenciales, pero no podía ver un arma en ninguna parte. Entonces, ¿qué quería realmente esta cosa, que se negaba a decir una palabra?

A mitad de camino por la rama central, entre un par de

puertas de acero que llevaban lo que parecía moho verdoso-negro extendiéndose alrededor de los bordes, Rovo se detuvo cuando las alarmas quedaron en silencio. Habiendo vivido con sus constantes aullidos durante lo que fueron minutos pero se sintieron como años, el repentino silencio hizo eco. La criatura no pareció importarle excepto por inclinar su cabeza hacia un lado, como preguntando a Rovo qué pensaba sobre este giro de los acontecimientos.

Las luces se apagaron.

El casco de Rovo funcionó más rápido que sus reflejos y lo cambió a visión nocturna, que absorbió cada fotón posible para crear una imagen verde borrosa, a tiempo para ver a la criatura alejarse tambaleándose alrededor de otra curva.

—¡Detente! —gritó Rovo, pero no recibió respuesta.

¿Quién había extinguido las alarmas, las luces? Rovo sintonizó su transmisor y escuchó la charla encriptada de los guardias. Excitados, definitivamente, pero imposible decir si este era su movimiento o el de alguien más. ¿Aurora o Gregor, tal vez? Sai y Eponi conocían bien la tecnología. Podría ser que hubieran quemado todo para esconderse en algún lugar.

—¿Alguien me recibe? —Rovo intentó otro mensaje en la frecuencia del escuadrón y no escuchó nada a cambio. Ninguna otra charla tampoco—. Supongo que no.

Lo que dejaba seguir a la criatura como la única opción que valía la pena. Rovo la siguió rápidamente, aunque jugó según las reglas y se asomó por la curva, con el rifle listo, antes de salir de la cobertura. La esquina progresaba por un corto tramo antes de terminar en otra puerta, esta portando una amplia gama de señales de peligro además de una etiqueta de cuádruple cero. Un pequeño agujero a la derecha de la puerta revelaba un cable chispeante, que brillaba intensamente para Rovo, y piezas de lo que debía haber sido el escáner roto esparcidas en el suelo.

Ninguna criatura, sin embargo.

Rovo se arrastró hacia la puerta, notando los bordes enmohecidos aquí también. La base necesitaba una buena limpieza, parecía. Mejor aferrarse a esa idea que considerar las opciones menos agradables de por qué el metal de alto grado como este se estaría corroyendo. Mejor mantenerse enfocado y no divagar por caminos más peligrosos.

—Ábrete sésamo —dijo Rovo, de pie frente a la puerta.

No se movió.

Pero cuando puso su mano contra ella, alcanzando la sección ligeramente hundida y más oscura que etiquetaba el interruptor de la puerta, la barrera se deslizó a un lado. Incluso con el casco puesto, el filtro de aire funcionando, Rovo sintió la oleada cuando la atmósfera cautiva se liberó a su alrededor. Rovo se congeló por un segundo, entrando en pánico, antes de detenerse. Este tipo de sello de presión tendía a significar una esclusa de aire, lo que, durante la mayor parte de la vida de Rovo, significaba que estaría entrando al espacio exterior si iba mucho más allá. Pero no estaba en el espacio, sin importar cuán oscura fuera la amplia habitación frente a él. Había aterrizado en Dynas. No había vacío aquí.

Podía ver una escalera. Frente a él y colgando de una plataforma estrecha con barandilla, iluminada por un par de puntos de emergencia incrustados en el suelo, alimentando su luz roja a través de la fina red carnosa que la cubría. Los zarcillos verde-negros cubrían la escalera y crecían alrededor de la barandilla también. Extendiéndose por el suelo de acero embaldosado en manchas. Rovo cruzó el umbral hacia la habitación, avanzó y se asomó por la barandilla. Muy poca luz allá abajo para ver.

Rovo podía arreglar eso.

Tocó la parte superior de su casco, encendiendo su luz, y miró. El hielo se apoderó de él ante lo que Rovo vio, y quería, realmente quería mantener apretado el gatillo de su rifle y quemar cada onza de la habitación hasta las cenizas. Pero no tendría la energía. Una docena de rifles de asalto no tendrían el poder para quemar toda esa horrible masa pulsante y creciente. Negro y verde, azul y púrpura, el enorme espacio —Rovo calculó que era más grande que la planta de energía— mostraba todas las señales de experimentos que habían salido mal. Tubos de vidrio rotos colgaban del techo, sus mitades inferiores ocultas bajo el charco cambiante.

Y vaya piscina. Como una sopa podrida que aún hervía, la oscuridad ondulante explotaba y burbujeaba, ondeaba y se retorcía. Si el movimiento provenía de la sustancia misma o de algo debajo, Rovo no lo sabía. Ni quería saberlo.

Sever Escuadrón había venido aquí para salvar a alguien que necesitaba rescate, no para lidiar con horrores como este. Era hora de volver. Encontrar a Aurora y largarse de aquí.

Rovo se volvió hacia la puerta. De pie frente a ella, entre él y la salida de esta cámara de pesadilla, estaba la criatura en todo su asqueroso esplendor.

—Me alegro tanto de que hayas venido —dijo, y empujó.

La armadura de Rovo compensó el empujón, intentó fijar sus pies, pero Rovo estaba parado sobre el moho, y el moho le empujó de vuelta. Rovo resbaló, intentó agarrarse a la barandilla mientras la criatura lo empujaba de nuevo.

Cayó.

CACERÍA DE MONSTRUOS

Crecer en una nave espacial significaba que Aurora pasaba tiempo lidiando con puertas cerradas. Dar rienda suelta a los niños en una estructura cubierta de botones que podían, según las circunstancias, expulsar oxígeno, lanzar lanzaderas de emergencia al espacio o ajustar las temperaturas del invernadero, era universalmente reconocido como una idea terrible.

Sin embargo, a medida que naves cada vez más grandes servían como hogares interminables para las personas que vivían en ellas mientras atravesaban la galaxia de un sistema a otro, fue necesario desarrollar métodos de cuidado infantil. Para Aurora y la docena de otros niños en la *Skysurf*, eso significaba pasar la mayoría de los días encerrados en una sala abovedada, mirando las nebulosas arriba e intentando abrirse camino hacia la libertad abajo.

Nunca lo habían logrado entonces, ya que los juguetes resultaron ser herramientas pobres para romper cerraduras modernas.

Ahora, sin embargo, Aurora tenía un par de pequeños explosivos de impacto, pequeñas minas que se pegarían a un punto y lo harían explotar. Esta puerta era un poco más grande de lo que las minas estaban diseñadas para manejar, y no tenía un punto débil obvio para atacar, pero después de revisar la ruina humeante del monitor, Aurora no veía otra salida. Había sentido una explosión hace dos minutos, pero cuando la base no se derrumbó sobre ella, Aurora supuso que aún necesitaría volar su propia salida.

Seguía intentando usar el canal del Sever Escuadrón, pero solo encontraba estática. Cuando regresaran a DefenseCorp, Aurora obligaría a sus tacaños compradores a conseguirles algunos comunicadores capaces de penetrar un piso de metal. O al menos lo intentaría, porque este lío era enloquecedor. ¿Cómo podía Aurora comandar a su fuerza si no podía hablar con ellos?

Bueno, al menos oirían la explosión de estas minas.

Aurora sacó la primera. Un pequeño disco con cuatro taladros de diamante en su parte trasera, el explosivo de impacto podía usar su pequeña batería para hacer un agujero donde esperaría la señal de Aurora para detonar su carga. Inspeccionó la amplia puerta de metal, decidiendo que las paredes más gruesas serían más difíciles de atravesar. El centro muerto presentaría el punto más débil. Aurora apuntó el explosivo, lo presionó contra la puerta y colocó su pulgar sobre el interruptor de superficie que activaría la batería.

La puerta se abrió rápidamente, chillando mientras se frotaba contra los dientes de diamante, hasta que Aurora apartó la mina de un tirón, sacando su pistola con la mano izquierda y apuntándola directamente a la cara de Gregor.

—Hola —dijo Gregor, con el martillo agarrado a su lado y, aparte del limo negro carbonizado que cubría su armadura, parecía estar bien. Más allá de él, el pasillo seguía iluminado de rojo, aunque las alarmas parecían haberse detenido—. ¿Estás bien, comandante?

—Ha pasado un minuto.

Aurora se movió más allá de la puerta, por si se le ocurrían grandes ideas de cerrarse de nuevo, y en el pasillo, ella y Gregor se informaron mutuamente sobre sus encuentros con Felix. Parecía que Gregor se había llevado la peor parte; Aurora no había tenido que lidiar con criaturas con sabor a techo, y el hombre del martillo no estaba seguro de cuánto daño había causado a la base, si podría hacer frente al conducto de calor destruido. Aurora apostaría a que una instalación tan técnica como esta tendría suficiente redundancia para evitar que explotara tan fácilmente, pero una salida rápida no sería una mala idea.

Pero necesitaban encontrar a los otros tres antes de irse. Y destruir a Felix. En cualquier orden.

—El tranvía está funcionando ahora —la voz de Felix puso fin a su conferencia. Sin proyectores en el pasillo, la criatura no podía enviarles su imagen, pero podía hablar a través de los intercomunicadores dispersos—. He liberado los seguros. Pueden irse.

Aurora trató de averiguar hacia dónde mirar y se decidió por el tranvía.

—No nos iremos hasta que tengamos al resto de nuestro equipo. Ayúdanos con eso y tal vez te dejemos vivir.

No lo haría, pero generalmente perjudicaba las negociaciones declarar la muerte inminente y segura de una de las partes.

—Tus amigos ya se han ido —dijo Felix—. Se están quedando atrás.

—Nunca lo harían —respondió Gregor—. Somos un equipo.

—Entonces tu equipo está roto —dijo Felix—. Volaron en un esquife hace poco, en dirección a la ciudad.

Otra nota para seguir, pero Aurora no quería jugar a ser investigadora en este maldito pasillo. En su lugar, apuntó hacia el ascensor con su pistola.

—¿Hay alguien esperando al otro lado de esas puertas?

—En este momento, no. En otro, ¿quién puede decirlo?

Aurora retrocedió, trazó la llegada de Sever a la base. Eponi se había ido sola para abrirles paso, perdiendo su armadura. Aurora y Gregor se habían separado de Rovo y Sai, y estos últimos fueron tras Eponi. Si los tres habían escapado en el esquife (con su incapacidad para comunicarse, no era imposible), entonces Aurora y Gregor bien podrían tomar el tranvía y decir adiós a este lío.

—¿Cuántos se fueron en el esquife? —preguntó Aurora.

—Tres —respondió Felix, lento y uniforme. Como el mismo lodo que crecía por todo su cuerpo.

Eso significaba que se habían encontrado. El resto de Sever se había ido, y Aurora y Gregor deberían seguirlos. Excepto si ella adivinaba mal, si Felix mentía...

—Muéstranos —dijo Aurora, y Gregor le dio una mirada confusa, sus ojos visibles a través del visor del casco—. Si voy a confiar en ti, necesito pruebas. Hay cámaras por todas partes en esta base.

Felix no respondió de inmediato. Una pausa lo suficientemente larga como para que Aurora ya se hubiera vuelto hacia el ascensor antes de que la voz viscosa comenzara de nuevo.

—Lo haré, pero primero deben venir a mí.

—Eso no es un problema. —Aurora asintió a Gregor, quien golpeó el panel de llamada del ascensor—. Estaremos arriba pronto.

Felix no respondió. Aurora no sabía dónde estaba el

monstruo dentro de la base, pero la actitud espeluznante de Felix y sus intentos de manipular y, oh, matar a ella y a su equipo significaban que destrozaría cada parte de la estructura hasta encontrar esa cara de ligera sonrisa y arrancarle el hongo.

No se amenazaba a Sever y se sobrevivía.

—Intentó matarme —dijo Gregor cuando ambos entraron en el ascensor—. Fracasó.

—Nosotros no lo haremos.

Jugar el juego de Sever significaba tomar cada acción con sombría intensidad. Gregor y Aurora se dividieron los lados del ascensor, cada uno tomando una pared y apuntando sus rifles —Gregor colgó su martillo en la ranura trasera— hacia las puertas.

Cuando las láminas metálicas se deslizaron y se abrieron, separándose desde el centro con rápida gracia, revelaron a media docena de guardias planeando alguna estrategia. Los dos Severs dispararon tanto fuego láser que la pared frente al ascensor comenzó a derretirse por el calor. Los guardias no tuvieron tiempo de moverse, ni de esquivar, ni de sacar sus armas, ni de decidir cuál de esas opciones era la mejor. Las puertas del ascensor se abrieron y las cenizas siguieron.

—¿Nadie esperando más allá del ascensor? —dijo Aurora mientras ella y Gregor avanzaban sobre sus víctimas —. Otra mentira que responder.

Felix no estaría de vuelta hacia la entrada de la base, lo que significaba ir por el otro pasillo. Las luces rojas todavía ardían aquí arriba, envolviendo los cuerpos humeantes en sombras carmesí. Gregor lideró, ahora intercambiando sus rifles por el martillo mientras Aurora brindaba apoyo. Mantuvo el transmisor abierto, pero solo escuchó estática.

La planta de energía fue una sorpresa, pero confirmó la

función de la base como algo mucho más que un simple puesto de avanzada. No se manejan un montón de micro reactores solo porque se necesita calentar la comida por la noche. Un par de guardias se toparon con Gregor y Aurora desde el pasillo derecho, aparentemente sin esperar compañía a pesar de las luces de advertencia. Aurora disparó un par de rayos, pero estos guardias resultaron ser más rápidos que el otro grupo, lanzándose detrás del primer reactor mientras el fuego de Aurora perforaba agujeros negros en la pared detrás de ellos.

Gregor avanzó por el centro de la planta de energía, martillo listo, mientras Aurora se dirigió hacia el pasillo que los guardias habían dejado. Atraparlos, destruirlos. Una simple operación de dos pasos. Cuando Aurora rodeó la torre del reactor, los guardias no eran visibles. Un estruendo resonó por la habitación, y ahí estaban, corriendo y disparando sus pistolas hacia atrás, hacia donde Aurora esperaría que estuviera Gregor.

—Hola —dijo Aurora cuando los guardias recordaron que se enfrentaban a dos enemigos, no a uno. Apretó el gatillo apuntando a sus rostros, sus manos volando en un intento inútil de protegerse—. Adiós.

Gregor se acercó, caminando y balanceando el martillo como si fuera un juguete en lugar de una máquina demoledora. Aurora hizo un gesto hacia los guardias caídos.

—¿Me haces limpiar tus sobras? —dijo Aurora.

—Eran cobardes.

El pasillo que los guardias habían dejado resultó ser un desastre. Alguien había volado una pared y derrumbado un techo formando una pila de escombros que bloqueaba el paso. Las chispas brotaban de algún cable cortado, y el agua se filtraba en un charco que se extendía, que Aurora pensó que podría dar una descarga letal a cualquiera lo suficientemente tonto como para tocarlo. Consideraron el bloqueo por un momento, antes de que ambos lanzaran miradas al martillo de Gregor.

—Posible —dijo Gregor.

—No —respondió Aurora—. No hasta que descartemos el otro camino.

Si el resto de Sever se había ido, entonces cada minuto que pasaran golpeando los escombros sería peligroso. Gregor y Aurora habían estado manejando a estos guardias con el fuerte apoyo de la sorpresa. Los nuevos refuerzos no caerían tan fácilmente. Lo mejor era evitarlos.

Por el otro camino encontraron soldados inconscientes en una oficina. Sin quemaduras de láser. Sever no obtenía puntos extra por asesinatos, así que Aurora los dejó allí después de asegurarse de que no tuvieran armas en funcionamiento. Se dio la vuelta, volvió al pasillo y se detuvo.

Gregor estaba de pie, martillo listo, mirando más allá. Felix. Difícil de distinguir con precisión en la luz roja, pero Aurora lo supo como se sabe una amenaza. Lo sintió. Un hormigueo en su cuello, su respiración se tensó. Levantó su rifle y disparó, pero Felix se movió demasiado rápido. Desapareció al doblar la esquina.

—Vayamos despacio —dijo Aurora—. Quiere que lo sigamos, o ya habría desaparecido.

—Está jugando un juego peligroso.

—Uno que perderá.

Al doblar la esquina, las puertas cambiaron. Lo que habían sido oficinas ahora tenían etiquetas más amplias, y las paredes brillantes se oscurecieron con líneas negras corriendo y mohosas. Como si la base misma estuviera enferma. Aurora hizo un cálculo rápido: cualquier puerta que pareciera albergar una plaga, no quería verla abierta. La vista, sin embargo, cosquilleó esa parte de Aurora siempre sintonizada con las oportunidades de hacer dinero. Las cosas que ya había visto aquí rompían todo tipo de normas galácticas, pero una docena de experimentos nauseabundos no alterarían demasiado a nadie. Una base llena de estas cosas, y uno como Felix probablemente significaba más, podría señalar una respuesta completamente diferente.

DefenseCorp pagaba grandes recompensas por grandes contratos, y limpiar un mundo como Dynas, cubierto de monstruos bio-engineerizados, sería un gran contrato. Aurora podría retirarse solo con la comisión por encontrarlo.

—Ramificaciones —dijo Gregor cuando el pasillo se dividió en tres—. Felix está en el medio.

Así era. De pie allí en el rojo. Tan feo como siempre.

—¿Lo disparamos? —preguntó Gregor—. ¿O debería cargar?

—Vayamos despacio —respondió Aurora—. Me está dando curiosidad ver hasta dónde llega esto. Podemos acabar con él al final.

Felix no se opuso al ritmo. Aunque, cuando los dos Severs llegaron a la mitad del camino hacia él, la criatura se alejó de nuevo. Esta vez, las luces también se apagaron, sumiendo todo en la oscuridad.

—Luces encendidas —dijo Aurora, e inmediatamente los cascos de ambos rociaron el pasillo con una luz blanca amarillenta brillante—. Si Felix quiere que esté oscuro, no se lo vamos a conceder.

Gregor tomó la delantera de nuevo, martillo listo, y Aurora caminó un par de metros atrás, dándole suficiente espacio para balancear. Revisaba constantemente sus espaldas, pero nada intentó tenderles una emboscada. Llegaron a una puerta cerrada, muy etiquetada. Sin escáner de tarjeta.

—¿Lista? —preguntó Gregor.

—Lista.

Tocó la puerta y esta se deslizó sin resistencia. Reveló una pequeña plataforma y una escalera. Gregor dio un largo paso hacia afuera, miró por el borde. La luz de Aurora atrapó la sombra, y ella se lanzó hacia adelante —tanto como se podía con la armadura voluminosa— y golpeó el brazo de Felix hacia abajo. Siguió el golpe hacia la plataforma mientras Felix se encogía hacia la derecha, donde aparentemente se había estado escondiendo debajo de una consola ahuecada. Una trampa, entonces. Aurora apuntó su rifle mientras Gregor cambiaba a un balanceo con la mano izquierda. Ella podía rostizarlo, él podía aplastarlo.

—¿Cómo quieres morir? —preguntó Aurora.

—No quiero morir —respondió Felix.

—No es una opción —contestó Gregor.

—¡Un trato! —dijo Felix—. Información por mi vida. Por la de tu amigo.

—Dijiste que nuestros amigos se habían ido —dijo Aurora, sin sorprenderse en lo más mínimo.

—No me crearon para ser honesto.

—¿Qué tal para tener miedo?

—Eso sí lo conozco —dijo Felix, trepando, esponjándose, saliendo de su hueco—. Tu amigo. Está allá abajo.

Con un brazo enfermizo y fungoso, Felix señaló más allá de la escalera, hacia la masa burbujeante, negra y verde de moho. Aurora pudo ver, sobresaliendo como una bandera plantada, la pierna de Rovo, su armadura azul brillando bajo la luz de su casco.

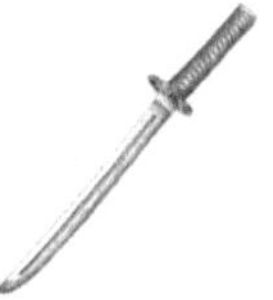

ATERRIZAJE FORZOSO

En opinión de Sai, DefenseCorp mantenía el mejor sistema de simulación de la galaxia. Cualquier escenario que quisiera ejecutar, Sai podía construirlo él mismo o solicitar que lo crearan diseñadores que sabían cómo moldear la realidad virtual en el espacio de juego perfecto. Sever Escuadrón usaba los simuladores principalmente para practicar maniobras, asaltos coordinados y todo eso. Sai, sin embargo, prefería las pruebas de explosivos. Reproducir cómo diversos montajes químicos y eléctricos explotarían, y si la armadura proporcionada por DefenseCorp podría soportar la explosión resultante.

Saber que podía detonar una bomba y sobrevivir le daba a Sai una sorpresa infernal para sacar de la manga.

Así que cuando la lancha crujió y se estrelló contra la torre, cuando Sai sintió que barras de metal, pedazos de pared seca y escombros que desafiaban toda descripción se le pegaban al cuerpo, sabía que su armadura podía soportarlo. Cualquier cosa que no fuera fuego láser sostenido o armas con cuchillas de diamante tendría dificultades para atravesarla.

La armadura, sin embargo, no hizo nada para detener el impulso.

La lancha finalmente golpeó algo más fuerte que su masa tambaleante cuando atravesó la bahía, entrando en un amplio corredor y chocando contra la pared del fondo. Mientras la capa exterior de la pared colapsaba, el frente destrozado de la lancha se atascó, enviando a Sai y Eponi volando hacia adelante a través del espacio que antes ocupaba el techo de la cabina del piloto. Sai no tenía los reflejos necesarios para atrapar a Eponi en el aire mientras mantenía algún tipo de compostura, así que salió volando agitando los brazos antes de estrellarse contra una combinación de cubierta de lancha destrozada y pared de bahía de acoplamiento.

Lo suficientemente pesado como para seguir rodando, Sai se desprendió de ese desastre y se deslizó junto con los escombros, de espaldas, hacia el agujero que el morro inclinado de la lancha creó al completar su apocalíptico choque.

A su alrededor y por encima de él colgaban vigas de soporte rotas, cables chispeantes y tuberías que drenaban quién sabe qué. Metales blancos y grises, polvo y azulejos flotaban en el aire o caían con Sai. El impacto sacudió sus sentidos, pero Sai sabía que si caía por ese agujero, hacia cualquier habitación que hubiera más allá, tendría dificultades para volver con Eponi. Así que extendió la mano, agarró lo que pudo y activó los tacos de sus botas para que salieran disparados, buscando agarre.

Las botas de Sai encontraron apoyo primero, y Sai se dio cuenta de su error cuando sus pies, repentinamente atascados, lo lanzaron hacia arriba desde la cubierta de la lancha y lo arrojaron hacia adelante, estrellándolo contra la misma pendiente por la que acababa de deslizarse, esparciendo aún más fragmentos y chatarra por todas partes. Añadió sus propias maldiciones a las alarmas que sonaban a su alrededor. No podía pensar en un mejor momento para desatar su rabia contra cualquier malhechor divino que lo hubiera metido en esta misión. Al menos los otros Severs no estaban viendo esto.

Sus tobillos, mientras tanto, definitivamente estaban *sintiendo* esto, y con sus botas bloqueadas, los tobillos de Sai protestaron por soportar todo el peso del hombre. Crujieron, se tensaron, y Sai no pudo encontrar un punto de apoyo en la improvisada rampa cubierta de escombros para impulsarse hacia arriba. Dos opciones: o se lanzaba hacia adelante o se quedaba y se rompía los tobillos.

Sai se lanzó. Retrajo los tacos de sus botas, que se liberaron para el inmenso alivio de sus tobillos, y Sai se deslizó por el agujero irregular como el buzo más torpe de la galaxia. La caída duró dos latidos, quizás tres, antes de que Sai se estrellara contra un suelo hecho de un material mucho más resistente que el que acababa de atravesar. Un material más blando también, que amortiguó el impacto lo suficiente como para que Sai sintiera solo un par de costillas agrietarse, un extraño tirón en la cadera y un golpe en el cráneo que le hizo sentir como si le vibraran los huesos. Este último golpe mantuvo a Sai en el suelo, nublando su mente con oscuras nubes.

Su casco le gritaba, haciendo parpadear alarmas estruendosas en su visor, pero Sai cerró los ojos. Intentó ignorarlas por un largo momento y se quedó tendido en el suelo. Si quienquiera que fuera el dueño de este lugar quería tomarlo prisionero, Sai iría. Solo para que terminara la locura. Había estado en muchas misiones con Sever Escuadrón y la mayoría se habían torcido en algún momento, pero ¿estrellarse con una lancha contra un edificio gigante en un mundo pantanoso desconocido cubierto de gas amarillo? Algo en esa confluencia rompió la compostura de Sai. Necesitaba un minuto para recuperarla.

El casco de Sai no le dio ese minuto.

Las alertas aumentaron en tono y frecuencia, estallando en los tímpanos conmocionados de Sai hasta que logró murmurar la orden para apagarlas. Ese murmullo y la débil conexión con la realidad que proporcionó fueron suficientes para que Sai se forzara a abrir los ojos de nuevo. Miró de lado a través del visor y sus advertencias. En rojo intenso a lo largo del lado derecho de su visión, el cristal duro mostraba un círculo azul profundo con un punto verde en el centro —Sai— y un trío de puntos rojos que se acercaban constantemente. Ya fuera que realmente significaran un peligro para Sai o no, la armadura no lo sabría, pero en este lugar Sai podía asumir que no eran amigos.

No hay descanso para los Severs.

Sai se impulsó, se puso de pie con una debilidad vacilante que lo hizo tambalearse de un pie a otro, inestable. La espaciosa habitación, iluminada en suaves tonos púrpura como un club nocturno de mala muerte, se extendía hacia arriba y a su alrededor. También había formas extrañas alrededor. Grandes rocas y lo que parecían árboles falsos, altos y sombreados, construidos directamente en el suelo. Como si alguien hubiera creado una pista de obstáculos, o un campo de batalla. ¿Y esos puntos rojos?

No eran rocas. No eran árboles.

Sai sacudió la cabeza, tratando de entender lo que veía. Su visor indicaba que uno de esos puntos rojos estaba justo enfrente, pero para Sai, lo que se acercaba parecía más bien el cuerpo tembloroso de un gigante congelado. Humanoide, sí, pero de al menos tres metros de altura, con un rostro alargado y extremidades de tono azulado con proporciones totalmente equivocadas. Mechones de pelo gris se agrupaban en varias partes de la criatura, como si hubiera sufrido un intento desastroso de afeitarse. Sin ropa, sin armas, pero se movía hacia Sai con un andar constante y torpe.

—¿Qué eres tú? —dijo Sai, e intentó retroceder para ganar distancia, pero su cerebro confuso lo hizo tropezar hacia atrás en su lugar.

Algo lo agarró, sujetándolo con fuerza hasta que Sai activó el impulsor de sus pies, lo que lo envió volando unos metros más allá, impactando de nuevo contra el suelo de forma dura y dolorosa. Al mirar atrás, a Sai le costó enfocar, pero la cosa que lo había agarrado parecía negro alquitrán, robusta. También humanoide, pero compacta. Brillando bajo la luz violeta.

Sai miró hacia el último punto rojo y no se sorprendió al descubrir que también parecía una persona, solo que cubierta de protuberancias negro-verdosas similares al musgo. Brazos y piernas invadidos por bultos biológicos temblorosos que hacían que cada paso hacia Sai fuera pegajoso. La tercera criatura también completaba el tema unificador del trío para Sai:

Todos eran condenadamente feos.

Esta vez, cuando Sai se puso de pie, los temblores no fueron tan fuertes. Su nariz aún parecía oler algo extraño, y el pecho de Sai punzaba con un dolor que exigía atención urgente, pero, por ahora, su cuerpo podía estar a la altura del momento. Sus manos también: sacaron la espada de la espalda de Sai, donde había resistido el choque y el posterior deslizamiento sin problemas.

Mientras las tres cosas convergían sobre Sai, él sostuvo la hoja frente a sí, su filo capturando la luz. Hermosa, en realidad. Si Sai iba a morir en esta torre, y no tenía dudas de que la gente lo mataría cuando esto terminara, esperaba que algún video de esto saliera a la luz. Que se lanzara a través de las ondas galácticas hacia su familia, para que su hijo e hija obtuvieran una buena imagen heroica de su padre.

Entonces, levantando la hoja hasta su hombro derecho, Sai asintió hacia los tres monstruos que se acercaban sigilosamente, y se puso manos a la obra.

TRABAJO SUCIO

Los mineros de asteroides tenían una de dos actitudes. No salvabas al tipo en problemas, porque probablemente sus propios errores lo habían puesto allí. ¿Por qué arriesgarte para salvar a alguien de su propio fracaso? La otra perspectiva decía que te lanzaras, hicieras lo que pudieras para salvar al minero porque mañana podrías ser tú quien necesitara ser salvado, y la ayuda tendía a ser recíproca. Gregor prefería encontrar un punto medio y eliminar la paja inútil antes de que pudieran estar en posición de lastimarse a sí mismos o a los demás.

Cuando llegó a DefenseCorp, esa actitud no lo hizo querido por nadie. ¿Quién quería un compañero de escuadrón que juzgara tu aptitud para el puesto y, basándose en su propia opinión, decidiera si ayudarte o no? Las pruebas de Gregor, su desempeño en el campo, con quién se sentaba en el comedor, todo se fusionó en torno a su brutal eficacia y su cero tolerancia a los compañeros mediocres. Con gusto aceptaría probabilidades largas, siempre y cuando el luchador a su lado fuera tan bueno, o casi tan bueno, como Gregor.

Hasta Medux Prime.

Relegado a tareas de patrullaje después de alienar a sus compañeros en Roast, Gregor había sido transferido a una unidad de grado D destinada a evitar que un montón de civiles indefensos se mataran entre sí mientras las gigantescas olas de Medux Prime estrellaban sus islas mucho más pequeñas alrededor de su superficie y entre sí. Cualquier humano cuerdo habría declarado el planeta inhabitable, pero las especies que habían crecido allí prosperaban en el conflicto y extraían una gran cantidad de asombrosas piedras preciosas creadas por grandes rocas viejas chocando entre sí una y otra vez.

Gregor había pasado dos años cabalgando esas islas, y en ese tiempo había trabajado con lo peor de lo peor. Gente que DefenseCorp escondía en Medux Prime no porque tuvieran los problemas de personalidad de Gregor, sino porque apenas sabían por qué extremo del rifle apuntar al enemigo.

Rodeado de tontos, y considerado como tal por un comandante cuyo único objetivo parecía ser robar suficientes piedras preciosas para retirarse, Gregor aprendió a... enseñar. Aprendió a aceptarlo cuando un novato incitaba un motín al amenazar accidentalmente a los líderes de una isla recién aplastada. Aprendió a intervenir y ayudar cuando un recién llegado se ponía la armadura al revés, activaba sus propulsores y se enviaba volando al mar.

Eventualmente, con sus fracasados de DefenseCorp, Gregor se enfrentó al comandante de Medux Prime. Entró a zancadas en la oficina del hombre, martillo en mano, y exigió que el comandante dejara de robar a los alienígenas que pagaban a DefenseCorp para mantenerlos a salvo a ellos y a sus gemas. Cuando el comandante se rio en su cara, Gregor señaló al escuadrón de soldados, si no endurecidos, al menos no totalmente ineptos, detrás de él. El comandante palideció, declaró que se detendría y luego rápidamente los reasignó a todos, abandonando a Gregor en Sever, donde el hombre del martillo nunca más se acercaría a Medux Prime.

Aun así, Gregor lo consideró una victoria moral.

Así que cuando vio a Rovo, el novato, tal vez muerto pero tal vez vivo en ese horrible lodo, Gregor ya había trepado a la mitad del borde antes de que Aurora le diera luz verde para zambullirse. Gregor guardó su martillo mientras saltaba de la plataforma —el golpe en caída libre era uno de sus movimientos favoritos, pero aplastar a un Rovo ya envuelto parecía una mala elección— y se sumergió en el fango. A diferencia de las criaturas que había aplastado y luego quemado en la habitación de abajo, cuya piel había sido cubierta por esta cosa, la inmundicia pura tenía una sensación más ligera. Como moverse a través de telarañas gruesas, aunque estas dejaban una mancha líquida. El peso de Gregor por sí solo lo hundió hasta la cintura, pero un rápido disparo de sus propulsores de las botas lo empujó de vuelta a la superficie con un fantástico rocío de porquería, donde pudo arrodillarse y mantenerse, con ligeras impresiones, en la superficie.

—¿Todo bien? —dijo Aurora, su transmisión de campo cercano llevando su voz al oído de Gregor como si estuvieran uno al lado del otro.

—Vivo, pero me está agarrando —dijo Gregor, desprendiéndose de los hilos que lo sujetaban y abriéndose camino hacia Rovo—. Podría necesitar ayuda para sacar al novato.

—Veamos si nuestro amigo tiene alguna idea.

Gregor no esperó a Felix. Una vez que llegó a la única extremidad sobresaliente de Rovo, Gregor le dio un tirón a la bota azul, sin resolver nada. No podía conseguir mucho impulso con el lodo chapoteante, y Gregor sintió un tirón opuesto también: algo quería que Rovo se quedara allí abajo.

El lodo decidió que también quería a Gregor.

Zarcillos negros y verdes se elevaron del fango, estirándose hacia Gregor como serpientes de un pantano. Los golpeó con una mano, mientras continuaba tirando de Rovo con la otra, pero los manotazos no hicieron nada para disuadir a las cosas que se acercaban. Ni siquiera intentaban esquivar, solo recibían los golpes de Gregor, se salpicaban y se reformaban para más. Un par se deslizó por el lado izquierdo, donde Gregor estaba tirando, y una repentina explosión de fuego amarillo los chamuscó.

—Te cubro —dijo Aurora—. Concéntrate en sacar a Rovo. Felix dice que no puede controlarlo.

—Arrójalo, a ver si se le ocurre alguna idea.

Gregor necesitaba un cambio de estrategia. Miró detrás de él, hacia la escalera que subía desde el lodo hacia la parte superior. Parecía robusta, tal vez lo suficientemente fuerte para sostener su peso. Gregor soltó a Rovo, llevó las manos a su cintura y sacó el par de cables de enlace, como los que Sai había usado para meterse debajo de la mina en el exterior, y los enganchó a la bota de Rovo. Diseñados para mantener a la gente unida en el vacío, Gregor supuso que los cables podrían soportar la tensión.

Si los huesos de Rovo sobrevivirían sin romperse, bueno, mejor que estar muerto.

Mientras Aurora cosía fuego dorado a su alrededor, convirtiendo los zarcillos en cenizas ardientes, Gregor se tambaleó de vuelta a la escalera, la agarró con ambas manos y trepó. Una vez que subió un par de peldaños, Gregor sintió fuertes tirones en los cables mientras el fuego láser quemaba cerca. Aurora ahora tenía que proteger también los cables, con los zarcillos pegando sus tentáculos viscosos a los enlaces.

Aurora debía estar gastando demasiada potencia de rifle en esto, pero las misiones Sever nunca salían bien, siempre se desviaban. Máximo riesgo, máxima emoción.

—Aguanta, novato —dijo Gregor, transmitiendo las palabras por el canal del escuadrón. Rovo podría ser capaz de oírlo, podría ser capaz de prepararse—. Y si puedes oírme, empuja.

Gregor intentó dar un paso, se esforzó contra las líneas. Presionó con sus pies, tiró con sus manos y se esforzó contra el agarre del fango. Con un sonido de succión y coagulación, la superficie oscura se separó y la pierna de Rovo salió, con desgarros que se extendían y reparaban en el fango. Ahora que tenía impulso, Gregor continuó. Un paso tras otro, el sudor se formaba y se derramaba por el esfuerzo a pesar del intento de la armadura de mantener a Gregor a temperaturas óptimas. Los tentáculos saltaban hacia el cuerpo de Rovo y Aurora los repelía a tiros, cosiendo un asalto tan constante que un fuego creciente comenzó, quemando la abundante materia viva.

Las acciones heroicas merecían telones de fondo heroicos.

Con el cuerpo inerte y cubierto de fango de Rovo ahora descansando sobre la superficie ardiente, Gregor miró de nuevo hacia la plataforma e hizo un cálculo aproximado. Dobló las rodillas en la escalera, soltó las manos y saltó, impulsándose justo para pasar el siguiente peldaño. Activó sus propulsores, agotando sus baterías a cero, lo que impulsó a Gregor los últimos metros hasta que el peso de Rovo detuvo el ascenso. Gregor agarró el penúltimo peldaño de la escalera, golpeó sus rodillas contra la pared y miró hacia abajo para ver a Rovo colgando, con el casco hacia abajo.

Pero el novato estaba fuera de la superficie, libre de los tentáculos.

Otro impulso llevó a Gregor sobre el borde, y Aurora se acercó para ayudar, tirando de los enlaces. Felix, notó Gregor, había sido escondido de nuevo en su madriguera, los ojos azules de la criatura mirándolos fijamente.

—¿Se rindió? —preguntó Gregor mientras subían a Rovo.

—No quería que le dispararan —respondió Aurora, luego echó un vistazo por el borde—. Parece que inicié un incendio.

—Deja que arda.

Aurora no respondió a eso, solo siguió jadeando y tirando. Gregor no veía ninguna razón para salvar el fango, vivo o no. Felix casi había matado a Rovo, había intentado matarlos a los dos, y esta mugre creciente parecía estar de su lado. Debería ser destruida.

Rovo pasó por el borde de la plataforma, su armadura marcada con hoyos, como si el limo hubiera estado disolviéndola. El visor del novato mostraba grietas y secciones nubladas donde había hecho todo lo posible por resistir el ácido. Una línea roja goteaba desde la frente de Rovo, también. Un corte de una caída, lo más probable. Aun así, la armadura informaba que los signos vitales generales de Rovo eran buenos. El novato vivía, aunque no estuviera consciente.

—Es hora de que se vaya el feo —dijo Gregor, desvinculándose de Rovo y señalando a Felix—. ¿Algunas últimas palabras, monstruo?

—Tengo muchas —dijo Felix, encogiéndose más en su agujero—. Muchas que podría decirles, también, sobre este lugar.

—No me interesa —respondió Gregor, pero cuando se dirigió hacia Felix, Aurora lo agarró del brazo.

—Quiero saber —dijo Aurora—. Graba lo que dice. Podría ser valioso para nosotros.

Dos formas de interpretar esa palabra, valioso. La inteligencia sobre el enemigo siempre tenía valor, podía salvar vidas o facilitar la misión. O ganar dinero. Por qué a Aurora le importaría el dinero en esta etapa, con más de la mitad del escuadrón herido o desaparecido, no tenía sentido. Pero entonces, Gregor no era el comandante. No tenía que informar a DefenseCorp sobre el éxito y el fracaso de la misión. Preferiría aplastar a Felix allí mismo con el martillo, pero si Aurora lo ordenaba, Gregor obedecería.

—Habla, criatura. —Gregor se agachó y miró fijamente, a través de su visor, a Felix.

En cuanto a telones de fondo, la materia biológica ardiente proporcionaba suficiente humo negro y espeso que los conductos de ventilación de la habitación tenían que zumbar y girar para mantener el flujo de aire. La voz de Gregor se oía por encima de su incesante giro, puntuada por estallidos cuando los crecimientos más grandes abajo ardían y reventaban. Los filtros de aire evitaban que parte del olor a quemado se filtrara en la armadura de Gregor, pero no todo, y alguien menos acostumbrado al olor del lodo acre podría haberse ahogado con lo que se filtraba. Aun así, Felix no se inmutó y no tenía filtro, ni visor.

Gregor no podía mostrar debilidad.

Así que Felix habló, y ellos escucharon mientras la criatura de Dynas revelaba sus secretos.

29

TIEMPOS DESESPERADOS

Se había estrellado cuatro veces. Las tres primeras habían sido accidentes menores, el tipo de percances que cualquier piloto estaba destinado a sufrir. Karts, esquifes, lo que fuera, todos tenían miles de piezas y si demasiadas fallaban cuando Eponi forzaba la nave a través de un giro cerrado entre las enormes enredaderas ondulantes de Kantos, o se zambullía bajo una lluvia de rocas de los géiseres de piedra en Ferra, acababa estrellándose contra un muro y dependiendo de su burbuja para sobrevivir. Una esfera casi impenetrable alrededor de la cabina de un kart y de la cabina de mando de un esquife de carreras, las burbujas eran excelentes para mantener a los pilotos con vida. A Eponi le habría encantado tener una ahora, excepto que los Thissalids, que guardaban el secreto de la fabricación de la burbuja, solo las proporcionaban a los pilotos debido a la obsesión dominante de la especie con el deporte.

Aunque, pensándolo bien, Eponi no podía odiar a los Thissalids. Sin ellos, las carreras espaciales no existirían como lo hacían. Demasiadas muertes, muy pocos dispuestos a arriesgar vidas longevas por tan poco dinero. Pero haz al piloto casi invencible y de repente tendrás a buscadores de emociones ansiosos por competir a través de la galaxia.

Eponi no tenía una burbuja cuando el esquife se estrelló en Dynas. Tenía a Sai, y aunque su armadura hizo un trabajo admirable manteniéndola con vida durante los primeros segundos cuando, con los ojos cerrados y la cabeza enterrada entre las extremidades de Sai, Eponi sintió el calor rugiente, olió los cables quemados y escuchó lo que parecía un millar de instrumentos rompiéndose a la vez, Eponi habría preferido con creces la red plateada de invulnerabilidad.

Especialmente cuando el segundo impacto, cuando el esquife atravesó el corredor, los envió a ambos volando, con la masa mucho más pesada de Sai lanzándose lejos de ella. Eponi rebotó contra la pared que se rompía, justo a la izquierda de donde el esquife había abierto el boquete y a través del cual seguía deslizándose. Rebotó hacia el suelo, rodando con el impulso y sintiendo cada momento en que tocaba, bueno, cualquier cosa.

Resultó que los cuerpos humanos no estaban diseñados para rebotar.

La claridad llegó en breves ráfagas mientras Eponi yacía tendida en el suelo. Las chispas llovían a su alrededor, proporcionando pequeñas ráfagas ardientes para distraerla de los rasguños y cortes más serios. Le dolía la cabeza donde algo, tal vez metal afilado, le había enganchado el pelo y se lo había arrancado, dejando un parche calvo en el lado derecho. La sangre, que parecía negra antes de que Eponi se diera cuenta de que estaba recogiendo ceniza y suciedad en su camino por su cara, goteaba en el suelo a su alrededor.

Eponi pensó que estrellar el esquife sería su única oportunidad de sobrevivir, pero podría haberlos matado a ambos de todos modos. Al menos Sai podría sobrevivir en su armadura. ¿Eponi? Eponi estaba frita.

Hasta que se activaron los rociadores, junto con un polvo espeso destinado a extinguir incendios eléctricos. La sustancia espumosa llovía desde arriba, salpicándola a ella y a los restos del naufragio detrás. Le lavó la sangre, limpió los jirones de su traje cutáneo y, con el frío intenso del agua, evitó que Eponi se viniera abajo. Se encontraba al borde, y a un lado estaban todos los problemas, las terribles decisiones y los momentos de mala suerte que la habían llevado a este punto, y al otro... al otro estaba el movimiento. Podía seguir adelante y esperar que las cosas mejoraran. Confiar en sus habilidades, en que su cuerpo no se desmoronara por completo.

Aurora le estaría gritando que se levantara ahora. Le diría que Eponi estaba perdiendo su momento, tumbada allí en el charco creciente. Que Eponi estaba perjudicando al escuadrón por quedarse quieta.

Corría para sí misma, pero, cada vez más a medida que Eponi mejoraba, para su equipo. Los patrocinadores y el equipo que preparaban sus karts antes de cada carrera, que la mantenían puntual y en horario saltando por la galaxia. Se había levantado después de los accidentes, las derrotas, y había seguido adelante.

Sever la necesitaba. Y ¿qué era este accidente, en realidad? ¿Un corte o dos? ¿Pelo que volvería a crecer? Había tenido peores. Probablemente tendría peores en Dynas, dado lo terrible que parecía ser este lugar.

—No voy a morir aquí —dijo Eponi las palabras sin realmente pretenderlo, pero funcionaron.

Bajo la lluvia de los rociadores, se levantó. Miró hacia atrás, hacia el esquife mientras se deslizaba por el agujero y entraba en la otra habitación, desapareciendo. Habría gritado por Sai, excepto que los habitantes de la torre habían comenzado a responder. Llamadas de ayuda, para equipos de bomberos, salían por los altavoces de la torre, o al menos de este piso. La ayuda vendría, y Eponi no quería estar allí cuando llegaran.

Caminó, cojeando ya que su pierna izquierda no parecía estar del todo bien, alejándose del accidente. El corredor, aparte de los rociadores y la espuma, rendía homenaje a las probadas y verdaderas sensibilidades de diseño de las corporaciones interplanetarias estériles: Paredes suaves hechas para parecer metálicas, con pocas imágenes pero abundante señalización y monitores que mostraban este y aquel informe de estado. A pesar de vivir en una era donde la información podía estar al alcance de cualquiera, la tendencia general parecía ser poner datos en todas partes también. En lugar de arte, ¿por qué no tener algo útil, como un calendario de eventos o la última actualización de tu política de vacaciones?

Eponi, sin embargo, encontró un letrero útil en medio del desastre: lavabo.

Recorriendo el circuito de carreras, Eponi había establecido una constante universal mientras cruzaba entre mundos: los inodoros siempre cambiaban. A veces, dependiendo de la especie que controlara el lugar, los inodoros ni siquiera existían y cualquier humano tenía que usar variedades portátiles que ofrecían conveniencia a costa de la comodidad. Aquí, en Dynas, Eponi tenía expectativas mixtas. Por un lado, Dynas estaba tan lejos del cinturón poblado, con tan poco tráfico de naves, que albergar esperanzas de un lujoso lavabo parecía ingenuo. Por otro lado, la torre en la que habían aterrizado claramente tenía mucho dinero invertido en ella. Características tecnológicas como una bahía de aterrizaje completa y sistemas de extinción de incendios múltiples hablaban de un cuidado en el diseño. Dada su condición actual, Eponi quería, exigía, soñaba con algo mejor que un agujero en el suelo.

Lo que encontró al cruzar la puerta de tamaño humano —un indicio, al igual que los guardias, de que quien financiaba este lugar no estaba interesado en los extraterrestres— fue algo completamente distinto.

Los elementos característicos de un baño estándar galáctico estaban presentes: cubículos, estaciones antibacterianas y lavabos de activación ocular. Sin embargo, junto a ellos había manchas de moho verde negruzco en las paredes, mientras que algunas secciones del suelo parecían haber sido pisadas por pies cubiertos de ceniza. El lado izquierdo del mostrador, destinado a los ajustes cosméticos, se había desprendido, con bordes blancos como el hielo cubriendo el borde desmoronado. Una luz amarillenta emanaba de los diodos que se extendían por el techo, y alguien había colocado nodos difusores de aroma en las esquinas que desprendían un fuerte olor a lavanda.

—¿Qué demonios? —murmuró Eponi al entrar, mientras se inclinaba para confirmar que no había nadie sentado en los dos cubículos.

Dynas, vaya. Qué mundo.

Eponi se dirigió primero a los limpiadores y comenzó a limpiar y lavar sus cortes, la suciedad y la mugre. El agua, al menos, salía clara y fresca. Se sentía bien entre las punzadas mientras se aplicaba el gel antibacteriano. Cuando terminó, Eponi seguía viéndose demacrada —su uniforme desgarrado y las líneas rojas que cruzaban su piel no la favorecían—, pero ahora el dolor no se veía amplificado por las confusas y sucias secuelas del accidente.

¿Y ahora qué hacer con el resto del lugar? ¿Qué estaba

creciendo aquí? ¿Qué había agrietado el mostrador y ennegrecido las baldosas del suelo?

O bien quien construyó este lugar tenía un extraño sentido del diseño, o algo andaba mal en Dynas.

Un problema mayor que ese misterio, sin embargo, residía en lo que la propia Eponi iba a hacer. Con un uniforme destrozado y que no pertenecía a Dynas, Eponi no llegaría muy lejos sin ser notada, arrestada y, probablemente, dada la encantadora recepción que Sever había recibido desde que entró en el espacio aéreo de Dynas, disparada. El sigilo sería la forma de jugar esta partida. Conseguir algo para cubrirse, ver qué había pasado con Sai e intentar averiguar cómo salir del planeta.

Si Aurora y el resto encontraban al VIP, tal vez Eponi pudiera recogerlos de camino a la salida. Si no lo hacían, bueno, Eponi aún podría escapar. Salir con vida. La misión claramente se había torcido, y nada en las directrices de DefenseCorp exigía una devoción suicida a la causa. Tal vez DefenseCorp incluso recompensaría a Eponi por volver con información de inteligencia, y enviaría un ejército la próxima vez para hacer el trabajo.

Eponi entró en uno de los cubículos, cerró la puerta sin ajustarla y luego se subió al inodoro. Las barras para discapacitados le dieron algo a lo que agarrarse, ajustar su posición para mantener sus piernas descansadas mientras esperaba. Como trampas, no era la más original, pero los miembros de Sever tenían que aprender rápido a trabajar con lo que tenían.

—Sé que está bajo control —dijo la mujer, con voz fría, mientras atravesaba la puerta del lavabo unos minutos después; Eponi no se había molestado en llevar la cuenta del tiempo, el constante crecimiento de su agotamiento servía lo suficiente—. Mantén cerrado todo este piso hasta que lo hayamos despejado. Saldré en un minuto.

Aunque Eponi no podía verla, la mujer hizo exactamente lo mismo que ella: fue a los limpiadores. Abrió el agua. Eponi contuvo la respiración, movió los pies. Saltaría, estrellaría la cabeza de la mujer contra el mostrador y luego tomaría, con suerte, el uniforme. Esperaba que la mujer tuviera su talla, o algo cercano, o las cosas seguirían siendo incómodas.

Entonces la mujer empezó a llorar. Las suaves lágrimas que la propia Eponi conocía de esos momentos en los que las cosas parecían tan absurdamente mal que se preguntaba cómo había llegado hasta allí, cuando la vida necesitaba un reinicio.

Un llanto privado podía hacer eso. Un impulso para el momento.

Y una buena cobertura para una salida rápida del lavabo.

Eponi llegó hasta la puerta, su mano alcanzando la garganta de la mujer antes de detenerse.

No pudo evitarlo. No pudo apartar la mirada.

La mujer, que no parecía mucho mayor que la propia Eponi, y que estaba demacrada hasta un punto preocupante, se aferraba al mostrador con ambas manos. Un uniforme púrpura colgaba suelto sobre su cuerpo, hundiéndose en botas negras diseñadas para agarrarse a terrenos difíciles —algo extraño en una torre tecnológica como esta—, pero nada de eso captó la atención de Eponi tanto como la mitad derecha del cabello de la mujer. De un blanco azulado, como el borde escarchado de una flor, el cabello se rizaba, fijo, mientras que la mitad izquierda era castaña y lisa. La piel de la mujer desmentía lo que podría haber sido una elección de moda única, con el mismo blanco azulado formando parches.

¿Una enfermedad, tal vez? De cualquier manera, Eponi se quedó paralizada ante la extraña visión, y la mujer la notó en el espejo.

—No estás tocada —dijo la mujer, sin apartarse del mostrador, sus ojos siguiendo los de Eponi en el espejo, abriéndose al tomar en cuenta los evidentes golpes de Eponi —. Espera.

—Te mataré si gritas —dijo Eponi rápidamente, volviendo al momento. Enferma o no, Eponi no podía dejar que la mujer pidiera ayuda—. Necesito tu uniforme. Con o sin hacerte daño en el proceso.

La mujer, con el agua de limpieza aún corriendo sobre sus manos, respiró profundamente.

—Por supuesto que el que luchaba abajo no sería la única persona en la nave. ¿De dónde has salido?

Parecía demasiado tranquila. No respetaba la amenaza de Eponi. Era hora de cambiar eso.

—Última oportunidad —dijo Eponi, cargando toda la amenaza que pudo en su voz—. El uniforme, ahora.

Esta vez la mujer se dio la vuelta. Empezó a desabrochar la serie de botones que mantenían unido el uniforme.

—¿Eres de algún lugar de Dynas? ¿Mantuvieron a algunos de ustedes escondidos?

—¿Escondidos? —Eponi no pudo resistirse, y la mujer parecía estar siguiendo sus instrucciones de todos modos.

La mujer entrecerró los ojos mientras se quitaba la parte superior del uniforme. El traje interior que llevaba debajo le dio a Eponi más preguntas. Malla de alta calidad, con reguladores térmicos y monitores de signos vitales tejidos, trajes como este estaban destinados a colonos que se aventuraban en nuevos mundos o iban a vivir en entornos hostiles. Dynas, con su abundante suministro de oxígeno y gravedad dentro del rango normal, no habría justificado este tipo de equipo.

—No eres de fuera del mundo, ¿verdad? —preguntó la mujer—. No podrías serlo.

Eponi ignoró eso, centrándose en cambio en una palabra anterior.

—Dijiste tocada hace un minuto. ¿Qué querías decir? ¿Es eso lo que está pasando con tu... cuerpo?

—Tan inocente —dijo la mujer, saliendo de los pantalones del uniforme, que tenían la multitud de bolsillos que alguien que trabajara en mantenimiento podría necesitar. Eponi notó que la mujer no quitó ninguna de las etiquetas de identificación pegadas a la tela—. Te encontrará pronto, estoy segura. Ahora pasa a todos. La única pregunta es cuál serás tú.

La mujer cruzó los brazos, esperando que Eponi se pusiera el uniforme.

—No entiendo —dijo Eponi—. ¿De qué estás hablando?

—Ten cuidado —respondió la mujer con una risa rápida —. Una vez que Anaskya te encuentre, te parecerás a mí.

—¿Anaskya?

—Esto es lo que hace la desesperación —dijo la mujer, llevándose la mano al cabello—. Ahora está infectando a quien quiere. No sé por qué te estoy contando esto, excepto, supongo, que no importa. Vas a morir, al igual que el resto de nosotros.

—Entendido —Eponi golpeó rápidamente con su mano derecha, un chasquido en la sien de la mujer que la hizo caer al suelo.

Eponi atrapó a la mujer con su mano izquierda en el último segundo, bajando el cuerpo inconsciente suavemente a las baldosas y, en el proceso, llenándose la mano izquierda de porquería blanca azulada. Eponi maldijo, se lavó las manos bajo el agua purificadora y luego se puso el uniforme. Un poco grande para ella, pero pasaría una inspección superficial. También tenía muchas herramientas dentro, por si Eponi sentía la necesidad de ponerse mecánica. Con sus armas perdidas en el accidente, al menos ahora tenía un microláser. Podría darle una buena quemadura a alguien si la atacaban.

Fuera del lavabo, Eponi se abrió paso entre la gente, soldados, ingenieros, quienquiera que se amontonara hacia el accidente. Después de la mujer, Eponi empezó a notar parches y decoloraciones aquí y allá. En diversos grados, muchos parecían infectados. Genial. Así que no solo estaba sola, incomunicada sin contacto por radio con su escuadrón, sino que Eponi estaba en medio de un enclave plagado de enfermedades. Se metió las manos en los bolsillos e intentó no tocar a nadie, un ejercicio en el que fracasó continuamente mientras se abría paso por los pasillos hasta llegar al vestíbulo central del piso. El objetivo uno era encontrar algún tipo de máscara respiratoria, el objetivo dos era salir de esta torre, y el objetivo tres, ¿abandonar el planeta por cualquier medio necesario.

Una sala circular espaciosa con varios ascensores diferentes y una gigantesca obra de arte en el techo que mostraba lo que parecía una versión en acuarela de una célula bacteriana, la sala espaciaba el resto del arte —todas representaciones celulares— en sus paredes con monitores que mostraban alertas, órdenes y, en un caso, una transmisión de video en directo que mostraba a alguien que Eponi conocía. Sai. Todavía con su armadura, el demolicionista blandía su espada en rápidos tajos, cortando cosas que parecían humanos, pero que al mismo tiempo definitivamente no lo eran. Mirando la pantalla desde detrás de una multitud de personas, Eponi no podía distinguir bien qué eran esas cosas, pero parecía que un montón de ellas se tambaleaban ahora hacia Sai.

—¿Qué está pasando? —se aventuró a preguntar Eponi a la persona que tenía delante, un hombre más bajo cuyo cuello era todo negro y verde, burbujeando un poco en la nuca.

—Ese tipo se estrelló con la nave, cayó directamente en el bloque de pruebas —respondió el hombre sin darse la vuelta—. Parece que vamos a dejar que acabe con todos los fracasos antes de que limpiemos la sala. Resuelve el problema para los que no querían pulsar el botón ellos mismos, supongo.

Eponi empezó a preguntar qué significaba limpiar la sala, pero se detuvo. Había demasiada gente por aquí, y alguno podría preguntarse por qué Eponi no sabía algo que debería saber. Así que en su lugar se apartó de la multitud y miró hacia los ascensores. Si Sai había caído un piso, tal vez Eponi podría llegar hasta él y sacarlo. Por supuesto, eso significaría arriesgarse ella misma, arriesgar el objetivo número uno.

Sever Escuadrón, siempre complicándole la vida.

30

SUEÑOS DE CENA FAMILIAR

Rovo esperó hasta que toda su familia se sentara a la mesa, una vieja pieza de roble en la que sus padres insistían a pesar de los nuevos modelos que podían mantener la misma apariencia con mucho menos mantenimiento. Su padre colocó platos repletos de pasta en cada uno de los cinco lugares, y su madre abrió el vino espumoso con ese satisfactorio pop que salía del diminuto altavoz incrustado en el sello de la botella. Un escenario perfecto: toda la familia reunida para cenar, Rovo en su única visita al planeta del año. Incluso el clima indiferente de Tau había decidido cooperar, dejando un cielo plateado con los anillos del planeta haciendo un borroso corte blanco a través del centro, visible a través del techo de cristal del porche. Todos llevaban ropa de verano, disfrutaban del aire seco y sonreían mientras Rovo se preparaba para darles la noticia de que nunca más los volvería a ver.

DefenseCorp tenía un guion para esto, uno que había sido refinado a lo largo de demasiadas décadas llenas de hijos diciéndoles a sus padres, esposas a sus maridos, u organismos multicelulares explicándole a sus mentes colmena por qué iban a desaparecer pronto. Por qué serían enviados a través de la galaxia a puntos donde la comunicación ocurriría en años en lugar de segundos. Por qué las relaciones se pondrían en pausa, posiblemente para siempre, en nombre de la aventura, en nombre de nobles causas, en nombre de la paz y la prosperidad.

Rovo lo leyó palabra por palabra —el contrato de DefenseCorp lo requería, y Rovo tenía que grabar todo para que el guion y su reacción pudieran ser estudiados y refinados aún más— y al final, cuando cerró con la frase que predicaba algún ideal superior, su padre negó con la cabeza y su madre comenzó a reír de esa manera despiadada que tenía cada vez que uno de sus hijos, en su opinión, estaba cometiendo un terrible error. Sus hermanas, una de las cuales siguió comiendo durante todo el discurso, reaccionaron con indiferencia. Rovo no podía sorprenderse demasiado por eso. Como el mayor, había desaparecido hacia su asignación en la estación espacial de DefenseCorp sobre Tau hace años y se había perdido gran parte de sus vidas.

Para ellas, Rovo probablemente ya era una figura fantasmal. Uno que aparecía una vez al año, que no decía nada sobre su trabajo —casi toda la comunicación con la que Rovo trataba tenía sellos de seguridad— y no tenía conexión con su pueblo, su planeta, ya.

—Así que vas a morir en algún lugar lejano, sin volver a vernos nunca más, ¿para qué? —dijo finalmente su padre.

—Porque ya no puedo seguir con esto —dijo Rovo, apagando la grabadora de DefenseCorp que había colocado sobre la mesa antes del discurso—. No puedo sentarme en esa estación leyendo mensajes todo el día, todos los días, hasta que muera en unos siglos.

—Oh sí, pobre de ti —dijo su madre. Rovo admiraba la forma en que sus padres podían hacer equipo sin esfuerzo en sus reproches, cada uno clavando sus propios alfileres—. Qué trabajo tan terrible tienes, con seguridad, alojamiento gratis allá arriba. La mayoría de nosotros en Tau tenemos que luchar para evitar que los robots nos quiten nuestros lugares, pero tú eres demasiado bueno para eso.

—Sí, madre, soy demasiado bueno para eso —Rovo ya había decidido esta táctica. Defender su vida, sus deseos—. DefenseCorp me autorizó para esto, y voy a aceptar su oferta.

—Así que estás cambiando a tu familia por dinero —dijo su padre.

—Estoy viviendo mi vida.

Aparte de sus hermanas, ninguno de ellos había tocado aún la impecable comida. Todos la miraban fijamente, en silencio.

Entonces, un bulto verde oscuro, casi negro, cayó en el plato de Rovo, justo en el centro. La salsa salpicó. Rovo parpadeó. ¿De dónde había salido eso? Miró hacia arriba, pero sus padres no lo habían notado. Sus hermanas seguían comiendo, metiendo tenedores llenos de espaguetis en sus bocas como si hubieran estado hambrientas. Sus padres miraban con ojos vacíos sus propios platos.

—¿Mamá? —preguntó Rovo mientras otro glóbulo mohoso caía desde arriba y salpicaba en el centro de la mesa.

Ella no respondió, y Rovo miró hacia arriba, hacia el techo de cristal y ese hermoso cielo. El moho burbujeante cubría ahora el cristal. Los zarcillos crecían hacia abajo, extendiéndose y pareciendo tornados vivientes mientras se arremolinaban. Rovo intentó ponerse de pie, alejarse de la mesa, pero no pudo. Sintió un lodo frío en sus pies, sus brazos, inmovilizándolo en la silla. Rovo volvió a mirar a sus padres, intentó abrir la boca para pedir ayuda, pero el moho también había encontrado su camino allí, arrastrándose por su cara, dentro de su boca. El negro cayó sobre sus padres, cubriéndolos.

Sus hermanas seguían comiendo, incluso cuando el moho se apoderó de sus cuerpos, mientras cubría los ojos de Rovo y lo desterraba a la oscuridad.

Los ojos de Rovo se abrieron de golpe y vio sangre, la saboreó. Sobre él, a través de su visor manchado de rojo, había luces industriales, no un cielo cubierto de moho. Aunque estas luces parecían realmente borrosas. Humo. Humo espeso. Pero cuando Rovo respiró, no inhaló nada de eso. Su corazón latía, y aunque saboreaba el goteo de sangre que entraba en su boca, Rovo podía abrirla. Podía mover sus brazos y piernas.

—¿Has vuelto con nosotros? —preguntó Aurora, su rostro apareciendo en su campo de visión—. ¿Primera vez que te sacuden?

Rovo asintió débilmente, un movimiento frágil pero todo lo que podía hacer.

—Gregor te sacó de ese pozo —continuó Aurora—. Ahora está en llamas, y voy a necesitar que te muevas para que no nos quememos.

—De acuerdo, estoy, eh, me estoy levantando —dijo Rovo, pero Aurora ya se había alejado.

El novato se incorporó hasta quedar sentado, tratando de comprender lo que Aurora acababa de decirle, y se encontró cara a cara con la criatura encorvada, de ojos gélidos y cubierta de lodo que había guiado a Rovo hasta allí. La tecnología de choque estaba diseñada para sacar a alguien de su inconsciencia antes de que despertara naturalmente. Era algo contundente y nada saludable. Que Rovo tuviera que experimentarlo se debía a este tipo de aquí. Rovo buscó su pistola, pero solo encontró una funda vacía.

Entonces, unos brazos fuertes levantaron a Rovo hasta que quedó de pie, mirando a Felix desde arriba.

—He dicho que te muevas —habló Aurora detrás de Rovo—. Gregor ya se ha adelantado para asegurarse de que el pasillo esté despejado.

—Pero esta cosa, él fue quien me guio... ¡él me empujó dentro!

—Novato, cuando te doy una orden, espero que obedezcas —Aurora señaló a Rovo hacia la puerta, lejos del humo—. Ve.

Rovo lanzó una última mirada fulminante al hombre hongo, pero se marchó. Aurora parecía una líder que toleraría una pregunta o dos, pero cuando llegaba el momento de actuar, no había lugar para otras opiniones. En su lugar, Rovo siguió a Gregor, desarmado y con su armadura crujiendo a cada paso. Se sacudió los restos de moho y se preguntó si había tomado la decisión correcta, o si esto lo mataría, tal como su padre había predicho.

Ese sueño. Había sido tan cercano a la realidad. Tan cercano. Si moría, ¿iría a ese lugar?

Rovo vio a Gregor no muy lejos, en la intersección de los tres pasillos. Se preguntó si Gregor alguna vez pensaba en lo que pasaría cuando muriera. Tal vez iría a alguna tierra de fantasía donde pudiera blandir ese martillo todo el día.

Mientras que Rovo vería cómo el moho devoraba a su familia una y otra vez.

EL PLAN MAESTRO

Aurora arrastró a Felix consigo mientras salía de la gran habitación en llamas. Cerró la puerta. Ya fuera que la base encontrara una forma de apagar el fuego o no, no era problema de Aurora, pero definitivamente lo era para Felix.

El hombre fúngico no opuso resistencia mientras Aurora lo arrastraba, su mano izquierda tirando de su masa blanda por el suelo del pasillo. Aunque antes había sido un charlatán, Felix ahora guardaba silencio, habiendo revelado sus secretos y poniéndose firmemente a merced de Sever. Una capitulación que Aurora habría considerado con despiadado desprecio, excepto que ya le había mostrado tanto desprecio a Felix que añadir más parecía un desperdicio.

Explotación. La palabra resumía bastante bien tanto a Felix como a Dynas. Un mundo pantanoso desechado hecho fácil, a través de su vida acuática, para transformar con enormes vertidos de semillas y lo suficientemente lejos del tráfico galáctico como para hacerlo con mínima interferencia.

¿Quién se preocuparía lo suficiente como para pagar por un nuevo mundo tan lejano? Felix no lo sabía, pero quienquiera que fuese no tenía deseo alguno por Dynas en sí. Querían todos los otros mundos, los que quedaron atrás porque sus atmósferas no eran lo suficientemente buenas, sus biosferas eran demasiado hostiles, o alguna otra razón que volteaba la ecuación de ganancias y pérdidas y los dejaba desprovistos de colonización corporativa.

Terraformar planetas costaba dinero, tomaba la mayor parte de los pocos siglos de una vida hacerlo. Transformar a una persona... Aurora tenía que suponer que podía hacerse mucho más rápido. Habría muchos accidentes en el camino, pero si querías explotar recursos en décadas en lugar de siglos, adapta a las personas al planeta. Dynas se convirtió en la incubadora. Felix y casi todos los demás aquí, los sujetos de prueba. Pruebas de concepto.

Poner en marcha una ciudad central en Dynas para las pruebas iniciales, luego enviar a los sujetos viables a radios de control donde pudieran ser monitoreados. Perfeccionados y controlados. Luego, una vez que tuvieras un espécimen viable que retuviera toda su inteligencia humana pero con los atributos físicos para sobrevivir en un nuevo planeta, harías más. Los fabricarías, realmente. Traficando con los desesperados, alejándolos de sus hogares con mentiras y ofertas, y abandonándolos a los experimentos. El beneficio potencial de un solo éxito hacía que toda la inversión fuera fácil de excusar, terrible de reconocer.

—¿Por qué eres diferente a los demás? —dijo Aurora mientras arrastraba a Felix—. Si es que se les puede llamar así.

—Suerte —murmuró Felix, húmedo y baboso—. Lotería genética. No lo sé. Para nuestro grupo, nos trajeron aquí si vivíamos más de un mes después de la primera infección. Para que no nos contamináramos con nada más.

Más adelante, en la triple intersección con los pasillos, Gregor y Rovo montaban guardia. Cuando Aurora se acercó, les hizo señas para que continuaran. Exploradores contra quien pudiera quedar aquí. Las cosas se habían calmado desde que habían subido a por Felix, y Aurora se preguntaba si Sai y Eponi habían matado o alejado a todos los demás guardias. Que ningún miembro de Sever hubiera aparecido aún le preocupaba, pero sin cuerpos, asumiría que estaban vivos.

—Una vez aquí, te quedabas en una de esas habitaciones de abajo o en una celda más pequeña mientras te vigilaban. Todo el tiempo pinchando, sondeando, midiendo —balbuceó Felix. Había comenzado a moverse por su cuenta ahora, pero tan lento que Aurora aún le daba el tratamiento de arrastre—. Cuando te atrapa, y atrapa a casi todos, eventualmente, no sé si puedo describirlo.

—Parece horrible.

—Sí. Pero se siente diferente. Como crecer, tal vez. ¿Donde sientes cosas nuevas, pero sigues siendo tú mismo?

—No me estás convenciendo de que lo que has pasado es la pubertad 2.0.

—No, pero no estamos muertos. Lo que quemaste allí, eran mis amigos. Personas con las que había venido aquí, sufrido, esperado.

Aurora se detuvo. Empujó a Felix contra la pared del pasillo, puso su mano derecha en su pistola pero no la sacó.

—Arrastraste a Rovo a esa habitación. Nos atrapaste a Gregor y a mí. Todo esto es tu culpa. Así que deja de lloriquear y sigue hablando. Tal vez encuentres una razón por la que debamos dejarte vivir.

El dinero en cantidades copiosas bastaría, y si Felix

tenía razón sobre una operación tan grande, DefenseCorp pagaría a Sever toneladas de dinero por los contratos que DefenseCorp obtendría para limpiar el desastre. Pero Felix no necesitaba saberlo, y si tenía más joyas que revelar, Aurora quería escucharlas.

—Ese es el problema que tienen —dijo Felix, Aurora aún manteniéndolo contra la pared, aunque el hombre fúngico no parecía asustado—. Nos cambian a través de un virus, pero el virus quiere propagarse. Quiere seguir creciendo. Mi cuerpo resulta mantenerlo bajo control, la mayoría no. Si no pueden, el virus los devora a menos que pueda encontrar nuevos huéspedes para propagarse.

—Los devoraría de todos modos —Aurora había visto suficientes armas biológicas para saber que no seguían reglas simples—. Alimentarlos con nosotros no lo detendría.

—¿Qué podemos hacer sino retrasar el final?

Aurora puso los ojos en blanco, dejó caer a Felix al suelo.

—¿Adivina qué, Felix? Tu final está aquí.

Un virus destinado a hacer que la gente sobreviviera a condiciones adversas, pero que en realidad los convirtió en bombas de enfermedades moribundas. Aurora podría presentar eso a DefenseCorp, y había tomado suficientes fotos con la cámara integrada de su casco para probarlo. No había razón para dejar que Felix y su bio-enjambre sobrevivieran, posiblemente infectando a alguien más. No era lo que DefenseCorp les pagaba por hacer, pero la ocasional muestra de caridad hacia el universo ayudaba a Aurora a dormir por las noches.

—¿Debería protestar? —dijo Felix, permaneciendo donde Aurora lo había dejado, flácido y apático—. No puedo vencerte. Lo intenté y fracasé. Así que tienes todo el derecho de asesinarme.

—Así es —sin embargo, Aurora no disparó. Mantuvo un oído atento a Gregor y Rovo mientras se dirigían hacia el ascensor y lo declaraban despejado. Algo en la voz de Felix, su actitud general, confundía su ira—. Tengo todas las razones, toda la obligación moral de reducir esta base a polvo.

—Una base entre muchas. ¿Tienes el tiempo, vivirás lo suficiente para limpiar nuestra mancha?

—Hay que empezar por algún lado.

—Entonces quizás no empieces conmigo. Con este lugar —Felix extendió sus brazos gelatinosos—. Casi lo logro. Tres guardias ya habían caído antes de que llegaras. Dame esto, mi pequeño santuario en el pantano, y te daré los códigos de sus sistemas. Puedes ir, encontrar a tus amigos y dejarme con los míos.

—¿Nuestros amigos? ¿Estabas mintiendo?

—Solo un poco. Los otros dos que vinieron contigo se embarcaron en una balsa hace un tiempo. No sé adónde fueron, pero no están aquí.

Aurora lo consideró. Confiar en Felix parecía una mala elección, dado que había intentado matarlos a todos. Pero su historia tenía plausibilidad, y Felix debía saber que recibiría un rápido final si intentaba engañarlos de nuevo. Si dejaban a Felix con vida, además, Aurora siempre podría volver más tarde con una recompensa de DefenseCorp en mano, cumplir su promesa anterior y convertir a Felix en escoria por un saludable beneficio.

El universo podía esperar.

—Nos estamos quedando atrás —dijo Aurora—. Habla mientras avanzamos, Felix, y si tu información es buena, tú y tu enfermedad podrían vivir después de todo.

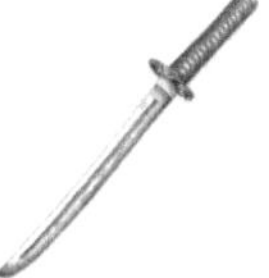

32

EL MAESTRO DE LA ESPADA

Las lecciones comenzaron en el amplio balcón, antes de la caída. Ayami llevaba a Sai allí cada mañana cuando era más joven, luego sus años de adolescencia lo alejaron de su madre hasta aquella mañana, cuando se corrió la voz de que las cosas no iban muy bien para Vitas, el mundo-ciudad que llamaban hogar. Los disturbios y la anarquía crecían a medida que aquellos con medios huían del planeta y los que no los tenían lo quemaban. Ayami y Sai, atrapados en el medio, tenían que arreglárselas por sí mismos.

Ayami colocó la espada envainada sobre una pequeña mesa de cristal, el arma lo suficientemente larga como para colgar sobre el borde de la mesa y proyectar una sombra sobre el suelo de piedra blanca. El sol de hoy —por simplicidad, Sai había aprendido que la mayoría de los mundos humanos se referían a sus estrellas dadoras de vida como 'soles', cualquiera que fuera su nombre técnico— se alzaba en lo que habría sido una hermosa mañana en la ciudad que abarcaba todo el mundo, de no ser por el humo negro que se elevaba entre las torres de Vitas.

—¿Eso es de la pared? —preguntó Sai.

La espada había estado colgada allí toda su vida, coronando una estantería apilada que contenía reliquias familiares, fotografías no digitales y otros objetos que merecían un lugar destacado en su pequeño hogar. Verla ahora despertaba suficiente curiosidad como para matar la desconfianza general de Sai hacia cualquier cosa que su madre quisiera que hiciera estos días. Siempre tareas, siempre preparándose para el futuro, como si Vitas fuera a sobrevivir a esta crisis y continuar como antes. Como si Sai fuera a seguir sus pasos y sentarse frente a una computadora todos los días por siempre.

—Lo es —respondió Ayami—. Aunque no siempre se queda allí. Levántala.

Observando a su madre, preguntándose dónde estaba el truco, Sai levantó la espada de la mesa con ambas manos. Ligera, pero con suficiente peso para sentirse sólida. Sai sostuvo la vaina con ambas manos, acunándola como un regalo.

—Toma la vaina con tu mano izquierda, agárrala aquí —Ayami hizo una pantomima de dónde, y Sai copió su movimiento—. Ahora desenvaina la hoja. Despacio.

Sai lo hizo, sintió el metal deslizarse a lo largo de una vaina hecha a medida. Se atascó dos veces en el primer intento —las katanas, resultó, no eran maleables—, pero logró sacarla de la vaina con un floreo. La hoja plateada atrapó la luz del sol, y mientras Sai miraba a lo largo de su afilada longitud, pudo leer nombres, una línea desde la punta hasta la empuñadura, terminando con el de su madre.

—Añadirás el tuyo cuando estés listo —dijo Ayami, observando a su hijo.

—¿Cuándo será eso?

—Dentro de mucho tiempo —respondió Ayami—.

Ahora, déjame mostrarte cómo sostenerla para que no te hagas daño. Puedes ser un tonto con tus estudios y salir bien parado, pero no puedes ser un tonto con esto.

Sai no podía leer los nombres a lo largo de la hoja en la habitación oscura púrpura, pero los conocía todos de memoria. La katana, ahora, llevaba múltiples muertes de todos modos, sus restos cubriéndola a ella y a Sai. Lo que había sido un trío se había convertido en una docena, y más continuaban filtrándose desde los ascensores en el suelo; plataformas que caían y se elevaban trayendo más enemigos delirantes y ansiosos.

Mientras que el grupo inicial parecía tan perdido como los zombis de las viejas películas, los recién llegados eran más coherentes. Se mantenían alejados de los cortes de Sai, optando por romper ramas de los obstáculos y arrojarlas, o usar otras cosas como garrotes improvisados. También le gritaban, con fragmentos cercanos a tener sentido, pero la mayoría se desvanecía en gorgoteos acuosos o jadeos roncos. Puede que una vez hubieran sido humanos, pero se habían convertido en seres caídos.

Cada corte con la katana drenaba ligeramente la fuerza de Sai, y sus brazos ardían mientras separaba una cabeza negro ceniza de otra criatura que se había aventurado demasiado cerca. Su casco emitió un pitido de advertencia desde atrás, y Sai se agachó, volteó el agarre para que la katana apuntara hacia atrás, y empujó sus manos hacia atrás, hundiendo profundamente la hoja. Un tirón hacia adelante la retiró, la katana enganchándose en un hueso por una fracción de segundo.

Cuatro más, dos azules, dos verdes, como Sai había empezado a llamarlos, convergieron desde el frente. Aparte de las criaturas, el agujero enorme en el techo de la habitación y sus numerosos obstáculos habían permanecido iguales. No se presentaban puertas para escapar, no habían llegado demandas de rendición de los dueños de la torre. Sai supuso que alguien tenía que estar lanzándole estas hordas, pero ¿quién? ¿Y por qué?

¿Y continuaría hasta que Sai ya no pudiera levantar más la espada?

No le agradaba ese pensamiento, así que cuando los cuatro más cercanos se le acercaron, Sai balanceó la hoja sobre su hombro y la deslizó en la misma vaina que su madre había dejado sobre la mesa todos esos años atrás, ahora atornillada a su armadura. Sai se desvió hacia la derecha, usando un árbol delgado para ganar algo de separación mientras pisaba fuerte sobre las baldosas púrpura-negras. Su persecución cambió para seguirlo, girando con pasos inestables. Clicks y campanadas resonaron cuando llegaron más ascensores, trayendo aún más monstruos. Sai podría haber esperado que la torre tuviera un suministro ilimitado de robots, pero ¿personas?

Mientras Sai corría hacia la pared derecha, alcanzó su pecho y desabrochó una mina, dejando solo dos restantes. Lanzó la mina detrás de él, hacia las criaturas, y se lanzó hacia adelante, enrollándose en una bola. Generalmente, a Sai le encantaban las explosiones. Disfrutaba la onda expansiva que venía de un dispositivo bien colocado, y la destrucción impresionante que seguía. Nada de esa alegría vino de estar justo al lado de la bomba cuando estalló.

La mina explotó con fuerza frenética, las baldosas conduciendo la sacudida ondulante como cables vivos y sacudiendo a Sai contra el suelo mientras las olas calientes se cascadeaban sobre su armadura. Sai parpadeó para obtener un informe de estado, y su armadura le respondió que las condiciones eran funcionales, aunque sus propulsores de las botas tenían daños por metralla. No era un gran resultado, pero ahora, con suerte, Sai tenía una salida.

Se enderezó, se puso de pie y contó otras siete cosas que se arrastraban hacia él desde los bordes más lejanos de la habitación. Sai también vio que su mina, mientras había chamuscado una amplia franja en el suelo, no había logrado excavar ni siquiera el equivalente a una cucharada de baldosas para que Sai pudiera escapar. El experto en demoliciones no iba a salir de allí volando.

Sai respiró hondo, se resignó a lo inevitable y desenvainó su espada nuevamente. La katana de su familia, con él hasta el final. Poético, supuso Sai. Esperaba que alguien filmara esta última batalla, que la transmitiera por la red de la galaxia para que su familia pudiera ver lo que le había sucedido. Que había caído luchando.

La luz destelló desde su izquierda, a lo largo de la pared cercana. Brillante, el casco de Sai y sus propias pupilas tardaron un segundo en ajustarse al resplandor, en registrar la figura que estaba de pie en el umbral como Eponi. Aún sin su armadura, aunque vestida con ropa diferente, estaba viva. Le hizo señas. Le gritó algo.

—¿Qué? —gritó Sai en respuesta, empezando a dirigirse hacia ella.

—¡Vamos! —dijo Eponi—. ¡Deja de ser tan lento!

Típico de ella seguir con los insultos, incluso ahora. Sai echó a correr, dejando atrás a sus perseguidores con la facilidad de un adulto escapando de un enjambre de niños pequeños. Esas cosas solo eran aterradoras si no podías escapar. Eponi se hizo a un lado cuando Sai llegó a la puerta, mientras él corría hacia la siguiente habitación. Cuando pasó bajo el umbral, la puerta se cerró de golpe detrás de él, sellando a los enemigos fuera.

Y atrapándolo con muchos más.

Esperando en la habitación, con rifles en alto, había al menos una docena de guardias. Tenían a Sai rodeado, y cuando se volvió hacia la derecha para mirar a Eponi, comenzando a preguntar qué estaba pasando, su casco emitió una alarma. Otra amenaza, desde su izquierda.

Sai nunca vio lo que lo golpeó.

33

GOLPEADOR DE COMETAS

urora le preguntó a Gregor sobre el diseño después de que lo ejecutara todos los días durante un mes. Gregor no había construido un escenario complicado —carecía tanto de la habilidad como de la motivación para eso—, sino más bien una serie de pasillos serpenteantes con corredores y puertas emergentes para que sus demonios las usaran, para que aparecieran mientras Gregor avanzaba y los aplastaba a su paso. El programa construía la mayor parte, en realidad, tomando los datos de las imágenes que Gregor proporcionaba, fotografías y vídeos de su hogar. Los simuladores eran realmente buenos extrayendo los detalles, modelándolos en un espacio virtual. Gregor podía ponerse el traje de simulación y entrar en Snowball, y luego destruirlo.

Había sido este último elemento, la reducción constante del hogar de Gregor a escombros, lo que había sido señalado y reportado a Aurora. Ella lo sentó una noche —existía un ciclo programado de día y noche por razones psicológicas en el *Nautilus*—, sirvió whisky destilado en el *Nautilus* en vasos de cristal, y le preguntó a Gregor si había perdido la cabeza.

—Es un impulso que quería satisfacer —dijo Gregor, tragando la bebida de un solo trago. El whisky sabía a hierro viejo—. Déjame hacerlo.

—A DefenseCorp no le gustan mucho los impulsos homicidas descontrolados hacia el propio hogar —respondió Aurora—. Se vería mal para el negocio si algo así se filtrara. Los clientes podrían pensar que DefenseCorp está llena de mechas como tú, esperando estallar.

—¿Crees que soy una mecha?

Tres misiones juntos, tres desde que Gregor se había unido a Sever Escuadrón. Todas habían sido sangrientas, todas habían resultado en destrucciones justificadas e injustificadas. Las tres se consideraron exitosas.

—Te quedaste con el martillo —Aurora sorbió su propia bebida, saboreándola con la despreocupación de alguien que podía disfrutar de cualquier cosa, sin importar lo terrible que fuera—. ¿Por qué?

—Es eficaz.

—¿No es porque quieres asesinar a tu ciudad natal con él?

—No puedo volver allí —dijo Gregor. Tomó el vaso, miró su vacío, hasta que Aurora sacó la botella de su mochila y lo rellenó—. DefenseCorp no me aceptará.

—Así que lo destruyes virtualmente en su lugar.

—Terapia.

Aurora asintió.

—Entonces hazme un favor. Alterna las cosas. Limita la destrucción de Snowball a una vez por semana, y yo mantendré la burocracia lejos de ti.

Gregor dejó que el novato tomara la delantera de nuevo mientras volvían hacia los ascensores. Debería haber habido una fuerte resistencia a estas alturas, pero no encontraron ninguna. Incluso los cuerpos dejados por encuentros anteriores, como el grupo que Aurora y Gregor habían destrozado en su regreso inicial por el ascensor, habían desaparecido. Quedaban manchas, pero ninguna otra evidencia. De pie en medio de lo que debería haber sido un escenario macabro, Rovo miró a Gregor y extendió las manos.

—No lo sé —respondió Gregor al gesto—. Deberían estar aquí.

Aurora y Felix se acercaron por detrás, formando un grupo de tres mercenarios blindados y un mutante enfermo. No era exactamente la composición que Gregor quería, pero serviría.

—No pensé que realmente se irían —dijo Felix, viendo las manchas.

—¿Qué quieres decir? —le preguntó Gregor.

—Hice un trato —respondió Felix—. Les dije que los devoraríamos a todos ustedes a cambio de paz. Piensan que de todos modos vamos a morir aquí afuera, así que se fueron.

—¿Por qué confiarían en ti? —dijo Aurora.

—Solía ser uno de ellos, ¿recuerdas? —Felix se acercó al ascensor y presionó el botón de llamada—. El hecho de que me vea así no significa que haya cambiado mi forma de pensar.

Gregor observó a Aurora, esperando la señal. Podría aplastar a Felix ahora mismo, y no tomaría más que un segundo de esfuerzo. Su comandante no dio la señal. Esperó hasta que el ascensor se abrió, y entonces Aurora ordenó a los dos que entraran.

—¿Lo vas a dejar vivo? —preguntó Rovo mientras Gregor entraba al ascensor—. ¿Cómo? ¿No es el enemigo?

—Sigue las órdenes —dijo Gregor. Aunque quería escuchar su razonamiento, los comandantes dignos como Aurora merecían que sus órdenes fueran obedecidas sin vacilación. Las preguntas podían venir después, en privado—. Entra.

—No —respondió Rovo, mientras Felix se giraba entre él y Aurora—. No hasta que entienda por qué no lo estamos matando por lo que me hizo. Por lo que intentó hacerte a ti.

—Porque de todos modos va a morir —dijo Aurora—. Felix se compró algo de tiempo dándome los códigos del tranvía. Sin ellos, estaríamos atrapados aquí. DefenseCorp no lo dejará vivir una vez que les contemos lo que está pasando.

El novato miró con furia a Felix.

—Supongo que es lo que te mereces.

—Novato. Ahora. —Gregor golpeó el martillo contra sus manos para enfatizar, y Rovo captó la indirecta, entrando en el ascensor.

Aurora se unió a ellos y, con Felix dando una fría sonrisa, las puertas se cerraron.

—¿Cómo sabes que no te está mintiendo? —preguntó Rovo mientras el ascensor comenzaba su descenso.

—Podría ser —respondió Aurora—. Si los códigos no funcionan, volveremos y lo aplastaremos. Si funcionan, entonces Felix pagará su precio más tarde.

—Concéntrate, novato —dijo Gregor—. La venganza es una distracción.

Rovo permaneció en silencio después de eso. El ascensor llegó al sótano y los tres se dirigieron juntos hacia el tranvía. Lo abordaron, y Aurora introdujo los códigos en la consola situada en la parte delantera del tranvía. Gregor tomó asiento donde tendría la mejor vista mientras el tranvía retrocedía por la vía. Una buena oportunidad para detectar el desastre antes de que ocurriera.

Cuando el mag-lev comenzó a zumbar, Gregor pudo sentir la vibración. La tracción se estabilizó pronto, y cuando el tranvía empezó a alejarse, la sensación desapareció por completo. Como si estuvieran flotando, el tranvía los llevó por un largo túnel que conducía a quién sabe dónde.

Los simuladores recreaban a la perfección el dormitorio de Gregor. El reducido espacio servía para dormir y poco más, y lo compartía con su hermano, que trabajaba en el turno opuesto. Gregor se levantó, salió de la habitación y entró en una residencia estándar de Snowball. Un círculo, lo suficientemente grande para una mesa central, un sofá frente a la pantalla de pared y, frente a la pantalla, las máquinas obligatorias de la compañía, listas y dispuestas a cambiar salarios por comida, bebida y drogas desensibilizantes aprobadas por la empresa que evitaban que los residentes de Snowball perdieran la cabeza.

Gregor no vio a su madre ni a su padre. La simulación podía crear cuerpos basados en perfiles, pero Gregor se negó a volcar los datos de sus padres en el programa. Esta era una terapia específica, no un recuerdo agradable.

Salió de la casa de su infancia a través de la puerta redondeada, que se deslizó hacia su ranura derecha como una rueda lenta de acero blanco. Más allá, la construcción irregular de roca y metal de Snowball mezclaba el cometa natural con refuerzos artificiales. El simulador nunca captaba del todo el frío extremo del cometa, pero a Gregor no le importaba no llevar la ropa gruesa necesaria cada vez que se aventuraba fuera de las secciones calefactadas. La simulación, sin embargo, proporcionaba esa ropa a todos los que Gregor veía, las personas que ahora salían a saludarlo.

Gregor no era programador y no se tomó el tiempo de contar una historia compleja. Cada persona aquí llevaba el mismo atuendo de marca, el mismo logo de la empresa cosido en el pecho. Aunque sus rostros diferían en un millón de posibilidades, todos mostraban ceños fruncidos de ira, ojos entrecerrados y puños cerrados. Los residentes virtuales de Snowball querían a Gregor muerto, y lo atacaban con salvaje abandono. Gregor respondía de la misma manera, abriéndose paso violentamente por los pasillos de Snowball con sus puños, su martillo y, en ocasiones, su cabeza. Cada impacto se sentía real, cada soldado de la compañía derribado aún le hacía palpitar un poco el corazón.

El simulador permitía a Gregor revivir un pasado que deseaba haber vivido, y Gregor se deleitaba en ello.

Al final, el programa comenzaba a desviarse aún más de la realidad. Gregor no tenía acceso a los planos de Snowball, no conocía cada habitación, así que a medida que luchaba más y más dentro de las oficinas de la compañía, las cosas se volvían más variables, más extrañas. Aparecían habitaciones demasiado grandes para existir en las cavernas de un cometa, así como equipos para industrias que Snowball nunca podría sostener, como la cría de ganado o la construcción de naves espaciales. El programa los elegía al azar, y al principio, Gregor siempre se detenía aquí, se expulsaba a sí mismo. Desde entonces, había decidido considerar estas rarezas como pruebas adicionales de que la compañía no tenía idea de lo que estaba haciendo, que no solo era mala, sino también estúpida.

La última habitación, con la interminable nebulosa rosa-azul-púrpura fuera de la ventana, contenía a una sola persona. Un hombre que no estaba ni cerca de estar tan arriba en la jerarquía de la compañía, pero que, sin embargo, había obligado a Gregor a abandonar Snowball. Quien había separado a Gregor de su familia por una pelea de bar que salió mal. De todas las personas en la simulación, Dawes era el único que Gregor había construido. Impresiones superpuestas creaban al asqueroso y horrible patán que Gregor podía destruir con infinita satisfacción.

Se enfrentaron en una habitación despejada, con solo las ventanas de la nebulosa. Poco práctico para la realidad, perfecto para la fantasía. Mil veces Gregor había destruido a Dawes en esta habitación, y esta vez no sería diferente. Dawes no tenía arma —el simulador a veces le daba una—, así que Gregor arrojó su martillo a un lado para mantener las cosas justas.

Gregor fue primero, cargando hacia la sonrisa presumida, listo para derribar a Dawes con su gran hombro. Dawes, sin embargo, se apartó hacia un lado. Corrió pasando el ataque de Gregor de vuelta a la entrada de la habitación, donde Gregor había tirado el martillo. Dawes lo recogió mientras Gregor se daba la vuelta, y mientras Gregor trataba de entender qué estaba pasando —el simulador nunca había sido tan inteligente—, Dawes corrió hacia él con el martillo en alto. Gregor intentó acercarse, por debajo del golpe de Dawes, pero el hombre pareció saber lo que Gregor haría y blandió el martillo en un arco lateral, golpeando a Gregor en las costillas y enviándolo al suelo. Antes de que Gregor pudiera reaccionar, Dawes estaba sobre él, con el martillo listo. Esta vez, Dawes no ajustó su golpe.

—La venganza es una distracción —dijo Aurora cuando el simulador expulsó a Gregor. Ella estaba de pie fuera de la máquina, luciendo aburrida y satisfecha al mismo tiempo—. Si vas a seguir con tu pequeño espectáculo, tendrás que descubrir cómo vencerlo.

Gregor lo hizo, y luego la próxima vez Dawes golpeó más fuerte, se movió más rápido. Cada vez que Gregor vencía a Dawes, la siguiente versión sería más dura, y Gregor pasaría más tiempo en el simulador, analizándolo, hasta que aprendiera. Dawes siempre estaría allí, listo y esperando, pero Gregor eligió darle vida. Eligió obsesionarse.

En cambio, había eliminado el programa. No más Dawes. No más distracciones.

34

MALOS TRATOS

Los corredores volaban bajo contratos. Acuerdos redactados para darles cierta garantía de pago, algún seguro de accidentes antes de enviar sus cuerpos a toda velocidad a través de las estrellas. Al principio, cuando Eponi se abría paso entre los desechos del fondo, pilotando esquifes por bolsas de dinero que ni se acercaban a su actual paga de DefenseCorp, los contratos eran simples hojas de una página: unas pocas líneas declarando que el patrocinador no era responsable de los daños causados a la persona de Eponi ni a nada más. Firma aquí, cobra el dinero y sigue adelante.

A medida que Eponi volaba hacia ligas más grandes y mejores, con eventos que atraían a más que los borrachos ya presentes en el bar de la pista, los contratos se multiplicaron. Pasaron a cubrir temporadas completas en lugar de una sola carrera, prometían equipos enteros, tripulaciones y transporte a cambio de las habilidades de Eponi y su disposición a aparecer frente a las cámaras tanto como fuera posible. Construye la marca, decían los contratos, y serás recompensada. Una vez que lo hizo, Eponi se encontró siendo llamada a la sede de su empresa, una estacionada en el sistema Sol. La Tierra estaba justo ahí, visible en el cielo.

No es que Eponi pusiera un pie en ella. Nunca tuvo ese tipo de fama, ese tipo de dinero.

Aun así, se había sentado frente a alguien infinitamente más poderoso y, a escala galáctica, más importante que ella, y había luchado por un trato justo. Podía negociar. No es que el contrato la hubiera salvado al final, pero por un tiempo había sido suficiente.

Eponi había encontrado su camino por el nivel, llegado cerca de la habitación donde Sai estaba ocupado destru-yendo a las criaturas, y encontró la única entrada cubierta de guardias. Todos llevaban los trajes de cuerpo entero que Eponi había visto en todos los guardias de Dynas, y habiendo presenciado las enfermedades que afectaban a los que no los llevaban, Eponi supuso que toda la tela tenía menos que ver con los asaltos enemigos y más con los ataques de tipo bacteriano. En cuanto a por qué algunos de los guardias en la base habían estado sin los trajes, como el que ella había pateado a través de la ventana en la entrada, Eponi no podía decirlo. Tal vez ya estaban infectados, tal vez simplemente no les importaba. Tal vez la enfermedad no llegaba tan lejos.

En cualquier caso, el camino simple para salvar a Sai había sido bloqueado. Eponi ya había decidido salvar a su amigo, así que retroceder ahora no era una opción —los corredores tenían que mantenerse en un camino una vez que se habían comprometido, dudar llevaba a choques— pero tampoco podía abrirse paso luchando entre una docena de guardias. Lo que significaba una negociación.

—Sálvenlo —dijo Eponi, alta y clara al grupo armado que vigilaba a Sai en las pantallas junto a la puerta—. No dejen que muera.

Un guardia, que llevaba un cuarteto de triángulos azules en los hombros, se adelantó a todos los demás ante las palabras de Eponi, la miró fijamente, y todo lo que Eponi pudo hacer fue repetir su petición a esos ojos cubiertos de negro y rostro oculto.

—¿Qué es él para ti? —respondió el guardia.

—Un amigo.

Las palabras provocaron que los otros guardias sacaran sus rifles, apuntándolos hacia ella, pero el líder levantó una sola mano. Eponi desvió la mirada, asegurándose de que ninguno de los guardias estuviera a punto de disparar, y luego continuó.

—Nos enviaron aquí para encontrar a alguien. Nuestro esquife se estrelló por accidente.

Eponi no mencionaría a los guardias muertos, los otros en la base. No parecía inteligente.

—Esa no es una razón para salvarlo —respondió el guardia—. Es una razón para matarlo.

—¿Y si pudiéramos ayudarlos? —replicó Eponi—. No somos los únicos que vienen aquí.

—Habla, entonces.

—No hasta que lo traigan adentro.

El guardia se quedó quieto. Sin duda haciendo cálculos en su cabeza. Eponi podría estar diciendo la verdad, en cuyo caso matar una buena fuente de información sería una terrible elección, o podría estar mintiendo, en cuyo caso simplemente podrían matarla después.

—No tienen nada que perder —Eponi empujó un poco al guardia—. Estoy desarmada. Él no va a pelear contra todos ustedes.

Eponi no estaba segura de eso último, pero tenía que intentarlo.

—¿Quieres que salvemos a tu amigo? —dijo el guardia—.

Bien. Entonces haz que venga aquí. Nos aseguraremos de que esté atendido, luego vas a decir todo lo que sabes. Si no es muy bueno, te mataremos aquí mismo.

—Trato hecho.

Entonces noquearon a Sai. Eponi los maldijo hasta que uno de los guardias amenazó con noquearla a ella también, entonces se detuvo, siguió mientras se llevaban a Sai fuera de la antecámara de la habitación. Cada vez que Eponi intentaba hacer una pregunta, intentaba protestar, uno de los guardias le decía que se callara. Eso realmente no la detenía, pero tampoco le conseguía respuestas a Eponi.

Cuando llegaron a los ascensores centrales, los guardias llamaron a dos. El primero se abrió y, después de echar a todos los que estaban dentro, los guardias arrastraron a Sai adentro. Cuando Eponi empezó a unirse a él, otros dos guardias la retuvieron. Dejaron que las puertas se cerraran, dejaron que Sai desapareciera.

—Vas a cumplir tu parte del trato —dijo uno de los guardias—. Tú subes. Parece que alguien sí quiere escuchar lo que tienes que decir.

Ese alguien, después de que los guardias llevaran a Eponi a través de un corto vestíbulo, pasando junto a un asistente que atendía un escritorio y que observaba a Eponi con curiosidad de zoológico —¿un espécimen de otro mundo?—, resultó ser otra persona con una bata de laboratorio blanca, aunque esta estaba ribeteada con triángulos dorados en lugar de azules o plateados. La figura se puso de pie cuando Eponi entró en la habitación hexagonal, cada lado, excepto el que llevaba de vuelta al vestíbulo, era una ventana en lugar de una pared. Dynas, la luz blanca estelar del día inclinándose hacia la noche, se extendía ante Eponi para que lo viera por unos kilómetros hasta que la vista chocaba con ese gas amarillo mostaza. Nada claro más allá de eso.

Los otros guardias que la acompañaban retrocedieron y se escabulleron de la habitación, dejando a Eponi —aún con su uniforme robado, aunque sin ningún artilugio— a solas con la nueva jugadora.

—No se puede decir que tengas una gran vista desde aquí —comenzó Eponi. Preguntaría por Sai en un abrir y cerrar de ojos, pero primero quería hacerse una idea de cómo operaba esta persona. Había que aprender el oficio antes de poder volar—. Dynas no es un planeta bonito.

La mujer la observaba. Un escritorio central, cubierto de varios monitores que se dividían en el medio para mostrar dos sillas de acero sin adornos, constituía los únicos otros elementos en la habitación. No se sentó en su lugar, sino que caminaba de un lado a otro en el extremo más alejado de la sala, siempre manteniendo los ojos fijos en Eponi.

—¿Tú, eh, hablas? —preguntó Eponi después de varios segundos de silencio—. ¿Hablas el idioma común?

Una pregunta absurda, porque nadie podría comandar una ciudad como esta sin hablar el idioma de todos, pero ¿qué más se suponía que debía hacer Eponi? ¿Quedarse ahí parada?

—Sí, hablo —respondió la mujer, con una voz de tono bajo y musical—. También te pido disculpas.

—¿Disculpas?

—Porque tú y tus amigos han sido enviados aquí a morir.

—Esa es toda una declaración.

La mujer la miraba fijamente, o al menos eso pensaba Eponi. Podría estar charlando a través de algún transmisor con otras personas fuera de la habitación. Incluso podría ser un señuelo; Sever Escuadrón había visto eso antes, líderes que elegían a algún tonto para recibir los disparos mientras ellos hablaban desde detrás del telón.

Eponi decidió tomar uno de los asientos, ya había caminado lo suficiente.

En lugar de sentarse, Eponi deslizó la silla izquierda para que quedara en ángulo directo hacia la derecha, y luego se desparramó en ella. Dejó que sus piernas descansaran sobre la silla opuesta, como si esta conferencia estuviera teniendo lugar en un resort de playa con margaritas en lugar de en la cima de una torre del destino en un mundo maldito.

—¿Qué estás haciendo? —dijo la mujer mientras Eponi completaba su arreglo.

—Dijiste que vamos a morir —respondió Eponi—. Pensé que bien podría disfrutar el momento.

—Yo... no de inmediato —dijo la mujer—. Eventualmente. Lo que estamos haciendo aquí va a...

—Lo sé. Enfermedades. Están todos fabricando un montón de gérmenes para la guerra o algo así. No me importa. Lo que quiero es recuperar a mi amigo y una nave para salir de este mundo.

—¿Crees que puedes hacer exigencias?

Eponi echó la cabeza hacia atrás, mirando alrededor del borde de la silla hacia la mujer. —Definitivamente. O me das lo que estoy buscando, o cuando llegue el resto de mis amigos, todo esto hará boom. ¿Tu torre? Desaparecida. ¿La ciudad? Desaparecida.

La mujer se rio, pero el sonido salió confuso, como un encubrimiento. —Necesitarías un ejército.

—¿Alguna vez has oído hablar de DefenseCorp? Si nos haces daño, vendrán corriendo. Creo que la frase es "bombardearlos desde la órbita". —Eponi extendió su mano, inspeccionando sus uñas. Estaban hechas un desastre después del accidente de la nave—. O me das lo que te estoy pidiendo, o estás acabada. Así de simple.

Eponi había visto a Aurora soltar la bomba de DefenseCorp antes. Incluso si algún señor de la guerra o figura rebelde pensaba que tenía ventaja sobre Sever Escuadrón, la amenaza de la inevitable venganza de DefenseCorp —DefenseCorp sostenía desde hace mucho tiempo que permitir que alguien obtuviera una victoria sobre sus fuerzas sería malo para el negocio, y respondía a cualquier agresión con extrema dureza— tendía a hacer que los monstruos rabiosos dejaran de echar espuma por la boca y gimieran como cachorros.

Esta mujer, sin embargo, no captó la indirecta como se pretendía. En su lugar, se acercó a Eponi y la miró desde arriba, con las manos sueltas a los costados.

—Nadie vendrá a salvarte aquí, pequeña perdida —dijo la mujer—. Estás más allá del borde galáctico, y lo único que queda por hacer es caer.

35

EL PORQUÉ

El tranvía se deslizaba sin el más mínimo bache, con un zumbido constante. Las paredes estrechas del túnel no ofrecían vista alguna. Rovo observaba las paredes, observaba a Gregor mirando fijamente esas mismas paredes, y observaba a Aurora observándolos a ambos. Los asientos del tranvía permanecían contra los laterales, dejando el centro de la nave libre para, Rovo sospechaba, cualquier armadura pesada, vehículo o equipo que tuviera que hacer el viaje.

—¿Te mantienes entero, novato? —preguntó Aurora.

Vaya pregunta. Había estado a punto de morir varias veces en las últimas horas, perseguido por guardias hostiles a través de una base y casi devorado por una bestia bacteriana hambrienta. Pero Rovo no estaba aullando de locura, ni disparando su rifle a diestro y siniestro, ni hecho un ovillo llorando, así que...

—¿Sí? —intentó Rovo.

—En cuanto a misiones de infiltración, esta no es de las más fáciles —dijo Aurora—. La mía fue un simple asalto de nave a nave. Acabamos con un grupo de contrabandistas.

Me hicieron expulsar a los que aún estaban vivos por su propia escotilla de aire.

—Eso es... brutal.

Aurora se inclinó hacia adelante, un movimiento que, con la armadura puesta, involucraba tantas partes moviéndose y encajando juntas que sonaba como si Aurora tuviera mil huesos rotos.

—DefenseCorp no hace publicidad de ese elemento —dijo Aurora—. No te dicen que matar se convierte en parte de tu vida diaria una vez que estás en un escuadrón como Sever Escuadrón. Pero te ponen a prueba, incluso cuando no estás pensando en ello. Según ellos, todos los que entran aquí son asesinos.

Rovo no podía recordar a cuántos guardias había disparado con su rifle en la carrera inicial hacia la base, ni si los dos que había dejado inconscientes en la oficina habían muerto después. Puede que ya tuviera sangre en las manos, pero, como dijo Aurora, tenías que ser un asesino para entrar en Sever Escuadrón. No diría que disfrutaba la sensación de saber que había apagado vidas, pero, al menos por ahora, no le pesaba.

—¿Crees que soy un asesino? —preguntó Rovo a Aurora.

—Creo que eres capaz de serlo, que es lo que necesitas ser —dijo Aurora—. Cuando llegues al punto en que estés matando por diversión, ahí es donde las cosas se vuelven peligrosas. Si alguna vez arriesgas la misión o al escuadrón porque te vuelves demasiado sanguinario, en ese momento estás acabado.

—Supongo que estaré atento a esa línea. —Rovo miró sus propias manos, como si pudieran decirle dónde estaba esa línea, cuán cerca estaba de activar el interruptor de maníaco homicida. Ya había estado cerca una vez—. Todavía no entiendo por qué dejamos vivo a Felix.

—Porque la misión tiene prioridad —respondió Aurora—. Quería eliminarlo, después de lo que hizo, pero parte de estar en este juego es entender por qué lo juegas.

—¿Por qué lo juegas?

—No sé tú, Rovo, pero yo no persigo monstruos en mundos lejanos por alguna noble causa. Quiero el dinero para poder largarme, alejarme de todo esto y no tener que volver a hacerlo nunca más. Completamos la misión y nos pagan —Aurora miraba al frente y, aunque Rovo no podía distinguir bien sus ojos a través del visor, creyó que lo miraba—. ¿Por qué estás aquí, novato?

Rovo tenía razones de sobra, pero todas se reducían a una: aburrimiento. Eso sonaba demasiado patético para decirlo.

—Necesitaba demostrar que valía más —dijo Rovo—. Que podía hacer más que solo rellenar papeleo y pasar memorandos.

—¿Disparar a desconocidos en Dynas es prueba de eso?

—Todavía no.

—Bueno, cuando averigües qué lo es, entonces podrás decidir si dejar vivir a Felix encaja con tu porqué —dijo Aurora—. Si no es así, y vamos bien con la misión, puedes intentar volver aquí y terminar el trabajo. Gregor incluso podría ir contigo. Tiene debilidad por destruir cosas.

—¿Crees que aún ganaremos? ¿La misión? Eponi y Sai se han ido, y ni siquiera sabemos adónde nos lleva esta cosa.

—Estamos vivos, Rovo. Tenemos nuestra armadura, la mayoría de nuestras armas y un enemigo que no sabe que vamos —respondió Aurora—. Difícil pensar en un mejor comienzo. Sai y Eponi o están vivos, y los rescataremos si lo están, o no lo están, y nos aseguraremos de que quien los mató pague el precio.

—A menos que sus asesinos valgan más para ti mantenerlos con vida.

—Correcto —Aurora no sonaba ni un poco triste al hacer esa afirmación—. El porqué, Rovo. Eso es lo que más importa.

El porqué. Claro. Tal vez Rovo descubriría uno más profundo para cuando dejara Dynas.

Si es que dejaba Dynas.

El porqué no importaría mucho si no lo hacía.

Sever Escuadrón fue a rescatar a un VIP desaparecido. Ahora están separados, cazados y atrapados en un planeta lleno de personas, y algo peor, que los quieren muertos.

Continúa la aventura de Sever Escuadrón en *Golpe en Helix*:

AGRADECIMIENTOS Y NOTA DEL AUTOR

Sever Escuadrón y su alegre grupo de soldados buscadores de fortuna surgieron como contrapunto a algunas de mis otras obras de ficción. Estas historias son más directas, más centradas en la acción, una especie de desahogo entre obras más largas y complejas. Considero a *Sever Escuadrón* como los éxitos de taquilla del verano frente a las películas de otoño candidatas al Óscar: muy divertidas y un buen limpiador del paladar.

También es una oportunidad para expandir un poco mi escritura, para abordar un género ligeramente diferente y personajes con un trasfondo distinto al que he hecho antes. Es divertido extender las alas.

Aunque este primer libro presenta a Aurora y compañía, descubrirás que las secuelas los desarrollan, expandiendo sus mundos de maneras que ciertamente no planeé cuando comencé esta serie. Estoy emocionado por ver dónde terminan, y espero que te quedes para disfrutar el viaje.

Como con cualquier historia, *Punto de Ataque* llegó a existir gracias al apoyo de mi familia y amigos, su interminable disposición para impulsarme hacia adelante. Uno de esos amigos, Joel, a quien verás dedicado en este libro, caminaba conmigo a la escuela en nuestros años de jardín de infantes. Nuestros días de aventuras por patios traseros y colinas boscosas en el norte de Wisconsin aún reverberan a través de los párrafos que compongo hoy.

Espero que disfrutes el resto de *Sever Escuadrón*, y nos veremos después de dar vuelta a la página.

Para Joel